Victorieux

malgré le démon

Éditions Favre SA
29, rue de Bourg
CH-1003 Lausanne
Tél. : (+41) 021 312 17 17
www.editionsfavre.com
Groupe Libella, Paris

Dépôt légal en Suisse en octobre 2023.

Graphisme et mise en page : Lemuri-Concept

ISBN : 978-2-8289-2134-7

Les Éditions Favre bénéficient d'un soutien structurel de l'Office fédéral de la culture pour les années 2021-2024.

Lionel Clerc

en collaboration avec
Pascal Pellegrino

Victorieux
malgré le démon

FAVRE

Le monde ne te fera pas de cadeau, crois-moi.
Si tu veux avoir une vie, vole-la.

Lou Andreas-Salomé

À Lyna

En préambule

Presque une épitaphe

CETTE HISTOIRE EST VRAIE.

C'est celle d'un ancien mannequin qui – devenu analyste financier au sein d'une multinationale – s'est mué en escroc, empochant illicitement 1,76 million de francs suisses. Durant cinq années, ce paradis espéré se révélera un véritable enfer.

Suite à la découverte de la fraude, un processus judiciaire débouche sur une condamnation à un an de prison, puis à une incarcération en 2021. Formulé ainsi, ça ressemble presque à une épitaphe marquant mon quarantième anniversaire célébré le 26 février 2022 au fond d'une cellule.

Voilà une erreur – monumentale – que je devrai réparer jusqu'à la fin de mes jours. Résume-t-elle ma vie pour autant ? Non. Mon parcours comporte une multitude de voyages liés à l'univers de la mode, puis un mariage avec une actrice mexicaine de télénovelas, ou encore une retraite dans un temple bouddhiste au Népal…

Mais surtout, aujourd'hui, mon parcours comporte une chance – monumentale – de tourner la page et d'écrire un nouveau chapitre avec ma conjointe, enceinte de notre premier enfant.

La naissance de mon fils aura pour corollaire la renaissance de son père.

*
* *

Comment écrire quand on aime écrire, mais que l'on ne se considère pas comme écrivain? En contactant un ami journaliste par exemple: Pascal Pellegrino. Je l'ai rencontré en mars 2007, à l'occasion du concours Mister Suisse. Il interviewait alors chacun des finalistes romands, dont je faisais partie.

Ce type de concours de beauté masculine a connu sa décennie de gloire dans les années 1995-2005 avant de retomber, peu à peu, dans l'oubli. On vivait sous le régime du *people* à outrance; c'était une époque où les journaux spécialisés dans ce genre de contenus proliféraient sur les rayons des kiosques. Une vingtaine d'années plus tard, la démocratisation d'Internet, perpétuée principalement par les réseaux sociaux, a asséché ce qui fut une déferlante en son temps. En cela, le génie du pop art qu'est Andy Warhol fut un visionnaire en présageant, en 1968, qu'à l'avenir, tout être humain aurait droit à 15 minutes de célébrité mondiale; ce qu'il ignorait, c'est que dans le premier quart du troisième millénaire, ces quinze minutes auraient fondu en quelques secondes, celles qui suffisent à votre index pour *scroller les stories* sur TikTok.

J'ai approché Pascal au printemps 2021 en lui soumettant mon désir de raconter cette trajectoire qui a abouti à ce que mon casier judiciaire soit noirci, entre autres, par la mention

« escroquerie par métier ». Je lui ai fourni mes carnets de notes en lui demandant de m'aider à synthétiser cette matière brute afin de parvenir à créer un récit qui se tienne.

L'autre difficulté résidait dans le choix de raconter cette histoire de façon éminemment subjective, ce qui impliquait de « préserver », voire de « protéger » certains protagonistes. Dans ce but, nous avons préféré modifier certains noms et avons décidé de ne pas citer nommément l'entreprise qui m'a traduit en justice. Ceci afin de souligner le fait qu'il n'y avait ni préméditation, ni volonté de ma part d'escroquer cet employeur en particulier.

L'objectif visé du présent récit ? Que cette histoire serve à d'autres tout autant qu'à moi. Dépasser nos erreurs reste le meilleur moyen d'avancer ; sur le chemin de la vie, elles s'apparentent à des cailloux qu'on ramasse et qu'on transporte jusqu'au moment, plus ou moins éloigné, où l'on s'autorise à s'en débarrasser. Cela instaure en soi une quête de sagesse, qui nous apprend à dépasser nos insuffisances humaines.

Suivant les enseignements du bouddhisme, je crois profondément à l'impermanence des choses et des êtres sur cette planète. Rien n'existe qui soit inaltérable, tout change sans cesse, tout évolue. Idem pour le sens que l'on donne aux choses. J'en déduis que l'épisode pénitentiaire que j'ai vécu ne colorera pas l'intégralité de mon existence. Autant le digérer et le transmuter, par exemple sous la forme d'un livre.

Régime de semi-détention

C'EST MON PREMIER JOUR DE PRISON.

On est le 24 juillet 2021, il est 16 heures, je monte les quelques marches de l'escalier extérieur conduisant au numéro 43 de la rue du Simplon à Lausanne. Un immeuble traditionnel situé sous la gare, bâti en 1897 et qui a subi une « rénovation douce » en 2012, dans le but d'être transformé en établissement pénitentiaire accueillant les régimes de semi-détention et de travail externe.

Je n'avais jamais remarqué que c'était une prison auparavant. Mais là, en entrant dans le sas et devant attendre la fermeture complète de la première porte avant l'ouverture de la seconde, le décor est posé. Pas forcément un décor angoissant ou triste. Juste basique. Administratif.

Dans la convocation, aucune indication quant à ce que je dois apporter. Par sécurité, j'ai placé quelques effets personnels dans mon sac de sport, qui est aussitôt ouvert et fouillé. Interdiction d'amener de la nourriture ou des boissons. Aucun objet contondant, cela va sans dire.

Lors de l'admission, on me prend en photo et je me soumets à un prélèvement d'urine. Il s'agit de déterminer si je suis sous l'effet de drogues ou si j'ai bu. Sur ces deux points, la sobriété totale est rigoureusement de mise. Durant l'année que je m'apprête à vivre en ces lieux, il m'est interdit de consommer une goutte d'alcool. On me rappelle les règles en cours, on me fait visiter les espaces communs, on me donne des draps et un duvet couleur bleu clair… et voilà ma cellule. Elle se trouve au premier étage de ce bâtiment fournissant 48 places, pour hommes et femmes (bien que j'en aie très peu croisé durant mon séjour).

Je souris en distinguant le numéro inscrit en noir sur la porte en bois blanc : « 13 ». Non pas par superstition, mais parce que je me souviendrai de ce détail si l'on me pose la question dans trente ans ! Et aussi parce que ce nombre s'est présenté à quelques occasions importantes de ma vie, qui ont été plutôt porteuses de bonheur…

Dans cet espace de neuf mètres carrés, entre ces quatre murs blanc crème, assis sur mon lit et face au ventilateur noir qui fait tournoyer l'air tiède de ce samedi caniculaire de juillet, je m'apprête à passer trois-cent-soixante-cinq jours de mon existence en taule, y compris l'anniversaire de mes 40 ans, le 26 février 2022. Drôle d'endroit pour marquer ce cap.

Je suis incarcéré ici afin de purger une peine d'une année pour escroquerie par métier, blanchiment d'argent et faux dans les titres. J'ai volé la somme de 1,76 million de francs suisses à la multinationale pour laquelle j'ai bossé durant cinq ans. À raison d'un remboursement de 1500 francs par mois, il me faudra au moins un siècle entier pour effacer l'ardoise. Cette mensualité fut décidée en décembre 2020, lors d'un second procès. Elle est basée sur ma situation professionnelle et financière. Je précise qu'il s'agissait d'un procès en appel, car durant mon premier passage devant les juges, en juin 2020, ma peine avait été fixée à trois ans de prison, dont dix-huit mois ferme et dix-huit mois avec sursis.

En définitive, conséquemment à l'appel, le sursis a été élargi à vingt-quatre mois (au lieu de dix-huit mois), ce qui me permet d'accomplir ma peine en semi-détention.

Cela posé, il est évident que le non-paiement de la mensualité annulerait ce traitement et aboutirait à un retour immédiat à la case prison ferme, sans passer par le *start*, et ce pour la totalité des trois ans requis en première instance. Par ailleurs, cette mensualité est sujette à modification en tout temps. Tout changement de situation professionnelle (salaire plus élevé, diminution de loyer, ou autres gains financiers) coïnciderait avec une réévaluation à la hausse du montant exigé à ce jour.

Pour être tout à fait complet sur l'aspect financier, je n'ai jamais été en possession de la totalité du montant dérobé. Si je reconnais avoir été l'initiateur de cette arnaque, quatre personnes de mon entourage – mon ex-copine de l'époque et trois amis – en ont également profité pour une part significative. Au bout du compte, le Ministère public a estimé que j'étais redevable d'un peu plus de la moitié… au minimum. Car, s'il n'est pas possible de récupérer l'argent auprès des autres personnes incriminées, je reste responsable de l'entier de la somme. Et c'est le cas au moment où j'écris ces lignes ; Claudia, une Marseillaise rencontrée en 2010 sous le soleil de Miami, reste introuvable. D'abord arrêtée en janvier 2018 à l'aéroport de Carrasco en Uruguay, elle fut ensuite extradée en Suisse, puis emprisonnée durant une semaine, avant une audience de confrontation devant le procureur à Renens (VD). Lors de cette audition, ses dénégations n'ont pas tenu face à l'exposé des faits. Par conséquent, à l'issue du premier procès, qui s'est déroulé fin juin 2020, elle a écopé d'une peine de trente mois de prison (quinze ferme et quinze avec sursis) pour complicité.

Tout comme moi, elle a fait appel, en revanche, elle ne s'est pas présentée au second procès en décembre 2020. Elle savait pertinemment qu'elle n'avait aucune chance d'être innocentée. Résultat : elle a fait l'objet d'un nouveau mandat d'arrêt international.

De mon côté, *je croupis en prison*. Enfin, selon la formule consacrée, car dans la réalité ce bâtiment n'a rien d'un bagne. Le premier jour, en entrant dans la cellule qui sera mon logis jusqu'au 24 juillet 2022, je ne vois aucun barreau à la fenêtre ! Juste un petit cadenas… comme si on m'avait trompé sur la marchandise ! « Une prison, ça ? Disons plutôt un dortoir. » C'est bizarre, j'aurais aimé vivre un choc plus marquant, ressentir un changement d'espace réel, pénétrer un endroit qui m'aurait laissé un souvenir impérissable au jour de la liberté retrouvée.

Pour être honnête, j'éprouve même du réconfort à séjourner dans cette pièce de taille correcte, peinture récemment rafraîchie, sol style parquet neuf, un bureau, une chaise, une armoire encastrée, un lit, une télévision et un ventilateur pour les nuits chaudes… D'une banalité rassurante, en somme. Avec, en filigrane, un message implicite de l'autorité judiciaire que je paraphraserais ainsi : « Vous avez commis un délit, mais nous ne vous considérons pas comme un danger pour la société. Vous résiderez dans cet établissement pénitentiaire du Simplon à Lausanne, dont la mission première est la resocialisation des personnes détenues. »

Le but recherché est de maintenir le lien avec « le monde libre » en normalisant le quotidien des individus emprisonnés. Il ne s'agit pas de nier l'aspect carcéral, mais d'en amoindrir les aspects oppressants. Cela se traduit par les horaires suivants : du lundi au vendredi, on peut quitter la prison dès 6 heures pour aller au travail et on doit être de retour à 19 heures pile. On prend le repas au réfectoire (jusqu'à 20 heures), on peut passer du temps au fumoir (ce qui est mon cas) jusqu'à 21h30, puis on doit regagner la cellule à 22 heures. Après quoi les étages sont fermés pour la nuit, jusqu'au lever à 5 heures.

Pour ce qui est des contrôles, le dimanche soir, vous remettez un plan précis de votre semaine, de manière que l'on sache où vous vous trouvez (au travail, chez le dentiste, à un rendez-vous professionnel à l'extérieur, etc.); des gardiens en civil vérifient régulièrement et de façon discrète. Vous devez indiquer toute modification significative de votre programme. Le soir, deux ou trois fois par mois, il y a un prélèvement d'urine. Et deux à trois fois par semaine, un test d'alcoolémie. Selon le règlement, il est interdit de boire de l'alcool. En pratique, il s'agit d'avoir un taux à zéro à 19 heures. Si tel n'est pas le cas, après un premier avertissement, vous êtes sanctionné. Après le second, c'est la prison ferme.

Le week-end, dans la mesure où vous n'êtes pas en congé, une heure de promenade est autorisée hors de l'établissement entre 10 heures et 11 heures. Du côté des congés, vous bénéficiez de vingt-quatre heures à placer durant le premier mois, 36 heures le deuxième mois, 48 heures le troisième, 52 heures le quatrième, 70 heures le cinquième jusqu'à un maximum de 172 heures de congé à placer durant le douzième mois.

Enfin, deux toilettes et deux douches sont à partager par division de quatre cellules, et le nettoyage par semaine est assuré tour à tour par un détenu.

Dire que je me plais dans cet endroit est exagéré. Cependant, je ne m'y sens pas trop mal. Je me surprends même à vouloir prendre soin de ma cellule, à la tenir impeccable et organisée.

En ce premier jour, quelques minutes avant d'aller manger au réfectoire, j'aperçois les quais de la gare juste en face. Ayant l'impossibilité d'ouvrir la fenêtre (sauf deux centimètres en imposte), mon regard se fixe sur ces gens en attente de leur train. Puis, dans les haut-parleurs résonne la traditionnelle voix féminine suivant trois notes au xylophone: «*Voie 4, entrée de l'Eurocity pour Montreux, Sion, Milan Centrale. Départ 11h53. Première classe secteurs E et F. Deuxième classe, secteurs B, C et D. Restaurant secteur E.*» C'est dans l'observation de cette scène classique que je me rends compte plus nettement de ma privation de liberté. En temps normal, je ne me serais jamais arrêté à scruter des voyageurs montant et descendant des wagons.

Une pensée surgit. Peut-être suis-je aussi sur un quai, en attente d'un train vers ma vie d'après, train qui n'arrivera que dans douze mois. Quelle voix me l'annoncera alors? Serai-je ému? Ou ferai-je en sorte d'oublier cette période en ne marquant pas ma sortie d'une pierre blanche? Car en somme, cette vie d'après – du fait du régime de semi-liberté – ne sera pas si éloignée que ça de la vie de maintenant.

Pour la petite histoire, il s'agit de la seconde fois que je vis une privation de liberté; la première, ce fut lors de mon service militaire, à la caserne de la Poya à Fribourg: six jours au clou parce qu'on m'avait attrapé en train de fumer un joint. Au civil, mon commandant de compagnie était policier dans la brigade des stupéfiants et ne tolérait aucune drogue. Il avait poussé la cruauté jusqu'à ajouter un jour de prison en plus pour toute nouvelle recrue prise sur le fait. Résultat: ayant été chopé en fin de séjour, j'ai écopé – ainsi que trois de mes potes – de 144 heures d'emprisonnement (!) avec seulement une heure quotidienne de liberté…

Nos quatre cellules se situaient les unes à côté des autres. Au départ, on n'était pas mécontents. Les trois mois d'école de recrues – avec lever à 5 heures et exercice physique tout au long des journées – rendaient presque agréable ce séjour derrière les barreaux, sans activité autre que… ne rien faire et se reposer. Lever à 7 heures, petit-déjeuner en commun devant nos geôles et retour à l'intérieur, d'où l'on continuait à communiquer en criant pour que le son de nos voix fasse écho dans le couloir. De surcroît, même si nos affaires personnelles (montres, colliers, ou lacets de chaussure) étaient confisquées, nous avions tous réussi à ramener des objets «illégaux»; pour ma part, un paquet de cigarettes et mon téléphone portable.

Cela s'est gâté dès le troisième jour. Le petit-déjeuner avalé, je retourne dans ma cellule et là, impossible de retrouver le sommeil. Je m'occupe en observant des hélicoptères Super Puma se poser de temps à autre sur le terrain de foot, de l'autre côté de la route. Sans plus de batterie sur mon cellulaire et sans montre, nous perdions la notion du temps... Je me revois crier à l'officier de garde pour qu'il m'indique l'heure et, étant persuadé qu'on était proche de midi, je ressens encore aujourd'hui un sentiment nauséeux m'envahir lorsqu'il répond: «9h30».

Dès ce moment, une colère sourde fait son nid au fond de mon âme. Pour la calmer, je parcours cette bible, seul livre disponible, que je m'étais refusé d'ouvrir jusqu'à présent. Mauvaise idée. Dans mon état psychique, compulser des versets bienveillants, mais déconnectés de l'acuité de ma souffrance, provoque l'effet inverse. Exemple: dans le sermon sur la montagne, Jésus ordonne: «Vous avez appris qu'il a été dit: *œil pour oeil et dent pour dent.* Mais moi je vous dis de ne pas résister au méchant. Si quelqu'un te gifle sur la joue droite, tends-lui aussi l'autre. Si quelqu'un veut te faire un procès et prendre ta chemise, laisse-lui encore ton manteau. Si quelqu'un te force à faire un kilomètre, fais-en deux avec lui. Donne à celui qui t'adresse une demande et ne te détourne pas de celui qui veut te faire un emprunt.» (Matthieu 5, 38-42).

En gros, la punition disproportionnée que l'on m'a infligée est une «bénédiction» et je dois l'accueillir en implorant du rab de détention. En clair, parce que le Livre saint est fondé sur l'amour, mes actions doivent être motivées par l'amour, même si – et surtout si – une réaction concevable pourrait se traduire sous forme de représailles. En gros, ces belles paroles n'ont aucun effet apaisant.

Pour couronner le tout, un samedi soir, alors que j'ai le moral dans les chaussettes et que j'imagine ma bande de copains réunie à notre quartier général – le Sidewalk Café sur la place du Tunnel à Lausanne –, les gardiens fouillent en règle ma cellule. Ils tombent très vite sur mon portable, certes sans batterie, dissimulé sous le matelas, puis sur les mégots de cigarettes planqués dans le cache de la lampe accrochée deux mètres plus haut.

Et là, au lieu de «tendre l'autre joue» en reconnaissant mon écart, je pète un plomb. Enfin, c'est pire que ça: je court-circuite le tableau électrique entier! Pour la seule fois de ma vie d'une façon aussi puissante, il se dégage une violence, un déchaînement de rage contenue dont je n'ai pas conscience dans l'instant, mais qui me stupéfiera par la suite – comme si j'avais subrepticement fait connaissance avec le côté obscur de ma personnalité. Sans réfléchir et en hurlant, je soulève le cadre de lit et le projette contre la porte de la cellule, je frappe contre les murs, c'est un ouragan d'exaspération qui se réveille d'un seul coup.

Déconcertés par cette explosion de fureur, les gardiens me laissent sortir une dizaine de minutes, afin de me permettre de calmer le jeu.

Dans le couloir, sous une lumière jaunâtre, encore interloqué par l'expression si soudaine de cette agressivité, je décompresse. Je me déteste d'avoir réagi ainsi. Cela ne reflète pas mon caractère. Perdre le contrôle est toujours une défaite. Dans le regard des surveillants, il y a comme un mélange d'indulgence et de bienveillance. Je perçois peu à peu l'inutilité de mon accès de colère. De là à imaginer que cet épisode, dans ma vingtième année, pose les fondations d'une prise de conscience plus large vers une conversion au bouddhisme (qui s'opérera treize ans plus tard), il y a un pas que je ne franchirai pas. Toutefois, on peut sans doute parler de prémices.

Gnothi seauton.

Mieux que les versets bibliques, cet adage en grec ancien signifiant «Connais-toi toi-même» correspond à ma vision «thérapeutique» des choses. Une philosophie plutôt qu'une religion pour guider ma trajectoire, répondre à mes questions et générer à terme un parcours dont je n'aurai pas honte. Vivre chaque seconde pour ce qu'elle apporte, sans craindre le lendemain. Vivre en toute simplicité dans le souffle de l'instant présent. Et surtout, vivre dans la connaissance de soi, en agissant en accord avec l'essence même de ce qui nous meut.

Des colères, j'en ai eu et j'en aurai bien d'autres. Idem pour les frustrations, les contrariétés, voire les calamités. L'important est de conserver son sang-froid.

Si c'est facile? Non, bien sûr que non. Par rapport au motif de mon incarcération actuelle, j'ai vécu un sale moment, à la fin de l'été 2021, en recevant un courrier de l'avocat défendant les intérêts de la multinationale que j'avais escroquée. Il m'était intimé l'ordre de réceptionner un commandement de payer à l'office de poste. La somme à restituer immédiatement s'élevait à... 1,76 million de francs suisses! C'est bête, je ne les avais pas sur moi.

Lorsque l'employée d'exploitation postale a constaté l'ampleur du montant, elle m'a regardé avec compassion. Elle saisissait l'absurdité de la situation et, d'une voix douce, elle m'a indiqué que je pouvais faire opposition.

Tout en récusant ce commandement de payer, plutôt qu'une colère, j'éprouvai une forme d'humiliation. D'accord, j'ai manigancé une grosse arnaque. D'accord, j'ai vécu dans l'opulence avec l'argent volé. D'accord, je suis coupable, mais j'ai assumé toutes mes responsabilités. De surcroît, je paie ma dette à la société par l'entremise d'une privation de liberté. Et enfin, une partie non négligeable de mes revenus file à la fin de chaque mois pour rembourser ce que j'ai dérobé. Pour autant, suis-je tenu à tendre perpétuellement l'autre joue ?

C'est une question de principe, dira-t-on. C'est vrai. Mais dans cette situation du type David contre Goliath, il est nécessaire que l'on respecte des principes de chaque côté.

*

* *

D'emblée, une précision : je n'écris pas ces lignes pour me plaindre. Non, ce n'est pas mon genre. Comme tout autre destin, le mien est constitué d'une somme de réussites, d'erreurs et d'échecs. Ce destin, une fois encore, je l'assume et n'escamote aucune responsabilité. C'est ainsi que, tout au long de la procédure judiciaire, j'ai reconnu les faits et, de mon plein gré, collaboré à l'enquête.

Il en va de même pour le prélude de toute cette aventure : au soir du dimanche 12 décembre 2010, au bas de l'avenue de-La-Harpe à Lausanne, assis au volant, quelques minutes avant d'aller retirer la première somme d'argent de l'escroquerie que j'avais imaginée, je suis plutôt calme. Je sais pertinemment qu'il s'agit d'un point de non-retour, tout en présumant naïvement que, si ça ne fonctionne pas, au pire, je me ferai virer.

Sorti de la voiture, je m'approche du distributeur de billets de la Banque Cantonale Vaudoise. Dans la main, une carte de crédit appartenant à un expatrié russe qui n'était plus en activité au sein de l'entreprise qui m'a engagé comme comptable. Mon pari ? Et si, avant de la radier, j'utilisais cette carte à mon profit ? Je retire alors 500 francs suisses. Quelques secondes après le traditionnel bruit du comptage des billets, le clapet s'ouvre et l'argent sort.

« Ça marche ! »

Dès ce moment-là, la petite voix de ma conscience est submergée par un « grondement de jubilation » ; en d'autres mots, je sais que c'est mal, mais cette culpabilité est balayée aussitôt par l'euphorie. Une euphorie qui – je l'ignore encore en cet instant – va me mener, une décennie plus tard, jusqu'à la cellule 13 de l'établissement pénitentiaire du Simplon.

Non, rien de rien,
Non, je ne regrette rien,
C'est payé, balayé, oublié ;
Je me fous du passé.

Ce refrain d'une chanson mythique d'Édith Piaf correspond à mon état d'esprit, alors même que je l'écris en prison. Associé à la philosophie bouddhiste, il se double d'un autre sentiment, celui d'une gratitude ; celle qui vous permet de vous libérer des déceptions, des amertumes, du ressentiment ou des contrariétés ; celle qui vous accorde l'opportunité de relativiser, ou vous permet d'atténuer les douleurs provoquées par les aléas de l'existence ; celle qui n'est plus seulement le corollaire d'une vie épanouie, mais aussi un moyen pour être heureux (en s'entraînant à le devenir).

En fait, si ce livre existe, c'est parce qu'il vous est destiné. Ce récit, j'ai envie de le partager ; plus que ça, j'en ai besoin. Sans emphase, il constitue une bouée de sauvetage – ou tout au moins des manchons de sécurité – pour éviter de me noyer dans la sinistrose. Être enfermé durant une année, même en semi-détention, cela peut être perturbant. Les premiers temps, quand tu ouvres les yeux, tu crois que tu es chez toi. Dans cet univers grisâtre, les jours se suivent et se ressemblent : réveil, déjeuner, promenade, dîner et soirée, tout est réglé et immuable. Par ailleurs, la prison est une vraie passoire, tout se sait ici. Il faut se méfier. Mes codétenus ont reconstitué ma carrière de mannequin à partir d'Internet. Ils me surnomment « la star ».

Tout récit possède un début et c'est justement par le mannequinat que je vais commencer. Au cœur de cet univers, je ferai la rencontre d'une héroïne incontournable et indissociable d'une décennie s'ouvrant sur un coup de foudre en décembre 2009, et se terminant par un coup d'assommoir en 2018 lors d'une audition de confrontation devant un procureur…

Cette héroïne se prénomme Claudia.

Claudia

ENTRE PARENTHÈSES, le métier de mannequin fait rêver, mais est-ce un métier de rêve? Oui, pour ce qui est des parenthèses; mais non pour ce que l'on trouve à l'intérieur de celles-ci. Je m'explique. Par «parenthèses», je sous-entends le décorum, les endroits de luxe où l'on pose pour un shooting d'une marque réputée: grandes chaînes d'hôtels, palaces, maisons de maître, destinations lointaines, paysages idylliques. Il y a aussi l'apparat, les tenues de haute couture, les bijoux, les joyaux d'horlogerie, les bolides... Toutefois, si vous y évoluez en Mowgli, vous ne survivrez pas dans cette jungle, tant elle grouille de Shere Khan.

Ce métier est bizarre. Pas besoin d'études pour y développer une carrière: les préceptes régissant cette galaxie sont contenus pour la plupart dans le mot «loterie». Et, en règle générale, vous ignorez que vous possédez le billet gagnant. C'est par exemple le cas du top model britannique Kate Moss qui – à l'âge de 14 ans, alors qu'elle et son père enregistrent leurs bagages à l'aéroport JFK de New York – fut repérée en 1988 par Sarah Doukas au moment où cette dernière fondait Storm, devenue depuis l'une des agences internationales les plus importantes.

Ces femmes ou ces hommes «découvreurs de mannequins» sont connus sous le terme de «scouts». Pas besoin de diplôme pour le devenir; il s'agit en général de personnes issues du monde de la mode, d'anciens modèles ou de photographes. Leur parcours professionnel constitue un atout, car elles sont en mesure d'ajouter du concret et du sérieux lorsqu'il s'agit de convaincre quelqu'un abordé par hasard dans la rue – ou, aujourd'hui, sur les réseaux sociaux, véritable mine d'or pour débusquer ces visages atypiques qui ont la capacité instinctive d'hypnotiser le moindre appareil de photo.

Si ma carrière – que j'imaginais ancrée dans l'univers financier au sein de grosses multinationales – a connu un virage à 90°, je le dois justement à un scout. Il m'a abordé en 2006 dans une rue de La Jolla, station balnéaire située sur le littoral spectaculaire de San Diego, où je résidais durant un congé sabbatique de cinq mois dans le but de maîtriser la langue de Shakespeare (ou plutôt, dans mon cas, la langue de Warren Buffett, multimilliardaire américain considéré à l'époque comme le deuxième homme le plus riche du monde grâce à ses investissements en Bourse).

La Jolla offrait tout ce qu'un jeune de 24 ans recherchait. Bars, restaurants, plage de surfeurs, écoles de langues; j'y vivais une période faste et électrisante avec une belle équipe de potes composée d'un Japonais, d'un Espagnol, d'un Brésilien et d'un Allemand. Un mélange d'origines qui fut ma formule magique durant mon premier séjour aussi loin de la Suisse.

Dans cet endroit idyllique, un soir au coucher de soleil, je me baladais avec mes amis au cœur des petites rues du bord de mer. Soudain, un type d'une quarantaine d'années m'interpelle et se présente; il se prénomme Jeffrey, il est scout et dirige une agence locale de mannequinat. Dans un bref échange, en me tendant sa carte de visite, il évoque un « sérieux potentiel » quant à une éventuelle carrière dans cette branche et m'encourage vivement à prendre part à un casting.

Jeffrey parti, inutile de stipuler que je fus la risée de mes amis. Tout comme moi, ils imaginaient mal ce milieu pour un homme ; il y avait un côté narcissique et apprêté très éloigné de notre vision des choses. Toutefois, cet individu avait piqué ma curiosité. Pourquoi ? Parce que des remarques de ce type surgissent périodiquement depuis l'âge de 18-20 ans. À chaque fois, elles me gênaient plutôt que le contraire ; en effet, ces cinquante nuances de « T'es beau » vous positionnent sur une sorte de piédestal dont on ne veut pas, car il est futile et ne correspond pas à une réalité tangible : à mes yeux, la beauté est un concept abstrait dont il existe autant de définitions que d'êtres humains sur la terre.

Après réflexion et fort des encouragements de ma copine d'alors – une étudiante croate à l'université de San Diego –, je me rends dans les locaux de l'agence… tout comme bon nombre d'autres candidates et candidats. Au programme, une séance d'information sur le métier de mannequin. J'en déduis qu'on va nous proposer de réaliser un *book* hors de prix et que tout cela commence à sentir l'attrape-nigaud à plein nez.

Tenant le crachoir avec aisance, le directeur était passé maître dans l'art de captiver un public, truffant son discours d'anecdotes ayant la capacité de remuscler les ambitions les plus ramollies. À un moment, il s'arrête d'un coup sec, avant d'enchaîner d'une voix solennelle, à l'américaine : « Dans cette assistance, j'ai repéré une seule personne qui coche toutes les cases pour entreprendre ce métier ; une seule personne ayant le potentiel de réaliser une carrière internationale ; et cette personne, c'est lui », clame-t-il en pointant son doigt dans ma direction.

Machinalement, je me retourne vers mes voisins… qui ont tous le regard rivé sur mon visage. « Ne fuis pas l'évidence, dit-il en s'approchant. Ton avenir, c'est certain, sera fait de défilés et de photos sur papier glacé. »

À la fin de cet après-midi, nous ne serons que quatre personnes à être retenues pour effectuer un shooting individuel. Lors de cette séance fixée trois jours après, le directeur me suggère de ne pas débuter directement aux États-Unis : « Fais tes premiers pas sur un marché moins impitoyable. J'envoie tes photos à une agence en Grèce, mon pays d'origine. C'est le meilleur terreau pour te former. »

C'est curieux, car sur mon agenda de détenteur d'un brevet fédéral de spécialiste en finance et comptabilité, la date du mercredi 14 juin 2006 ne comportait aucune mention selon laquelle ce jour-là aurait radicalement changé mon existence…

*

* *

Deux heures et quarante-cinq minutes séparaient Genève d'Athènes ; en ce lundi de début novembre 2006, l'avion qui venait de décoller de Cointrin m'emmenait à destination de mon premier job de mannequin pour Ace Models, agence renommée en Grèce, à deux pas de l'Acropole.

Sur mon siège, je songeais à tout ce qui s'était passé depuis mon retour de San Diego trois mois auparavant. Sans conteste, le point culminant se résumait à la démission du poste que j'avais obtenu au sein du département finances et comptabilité d'une importante entreprise pharmaceutique basée à Lausanne. Coup de tête inconsidéré ? Certes, mais selon l'adage : « Il y a bien des manières de ne pas réussir, mais la plus sûre est de ne jamais prendre de risques ».

Une fois sur place, je concède que ce saut dans le vide était pour le moins téméraire. L'agence remettait une carte d'Athènes à ses poulains et les laissait se dépatouiller dans la brousse. Tous les soirs, on se branchait à la vieille connexion ADSL de l'hôtel afin de consulter un courriel comportant les horaires des castings du lendemain. Puis on enchaînait les rendez-vous aux quatre coins de la ville, plus ou moins embarrassés par le déploiement perpétuel de cette immense carte, en essayant péniblement de déchiffrer son chemin parmi les noms de rues écrits en lettres grecques. Inutile de dire que je me suis perdu un nombre incalculable de fois…

Je logeais au Tony Hôtel, au numéro 26 de la rue Zacharitsa dans le quartier de Koukaki. Cet établissement vieillot, tenant davantage de l'auberge de jeunesse, était exclusivement réservé aux mannequins, féminins et masculins, des agences de la Cité d'Athéna. Avec un Américain prénommé Michael, j'y partageais une chambre couleur orange défraîchi, composée de deux lits simples en métal et d'un balconnet donnant sur la route. Entre tous les pensionnaires, on a vite tissé des liens d'amitié ; et j'ai fait la connaissance de Gaëlle, une Parisienne qui est devenue ma copine. Peu après, je connus les soirées gratuites entre mannequins, accompagnés « d'ambassadeurs en relations publiques » – plus connus sous le terme de PR (initiales de *Public Relations*). Leur job ? Nous faire sortir et manger dans des endroits branchés, aux frais de la princesse.

Ce type d'extras – pourrait-on dire – était courant. Tout comme des personnalités politiques choisissent avec soin les personnes figurant sur les tribunes devant lesquelles elles tiendront un meeting télévisé, les PR recrutaient des modèles (en grande majorité des femmes) pour « embellir la clientèle » d'un établissement aspirant à rejoindre la liste restreinte des *The place to be*. Au cours de ces soirées-là, tout en étant conscient de ma mission d'homme-sandwich, je confesse avoir pris un certain plaisir à profiter de ces susucres mondains.

Au bout du compte, ce séjour grec dans ma nouvelle vie de mannequin – entre castings la journée, premiers boulots rémunérés, premières photos parues dans des magazines et catalogues, tout cela agrémenté de sorties avec toute la bande en soirée – *c'était le bon temps !* Je retrouvais une vie de colocation, de diversité et de fêtes semblable à celle consommée sous le soleil californien.

De retour en Suisse pour les Fêtes, je passai le cap du 31 décembre 2006 en souhaitant que soit ratifié mon choix d'évoluer professionnellement dans le monde de la mode. Sur ce plan, ce vœu se réalisa bien au-delà de mes espérances, puisque cette nouvelle année et la suivante ont accéléré les choses comme jamais. Alors que la planète traversait la pire crise financière en 2007 et 2008, de façon inversement proportionnelle, j'ai connu les deux années les plus prospères de ma carrière.

Bien sûr, le 14 avril 2007, il y eut l'élection de Mister Suisse et la considérable médiatisation découlant de mon rang de premier dauphin de l'heureux élu Tim Wielandt, mais dans le même temps, j'obtenais une foule de mandats, notamment à l'international, grâce à l'agence milanaise qui m'a donné le plus de boulot. Son nom : Joy Model. Occupant cinq *bookers* à plein temps, gérant les trajectoires d'une soixantaine de mannequins, femmes et hommes, cette agence réputée possédait des locaux au rez-de-chaussée d'un immeuble cossu des beaux quartiers de la ville, offrant une cour intérieure avec ses jardins.

Incontestablement, Milan est une plaque tournante du *Made in Italy* au niveau mondial. Un marché incontournable, accueillant deux des plus grands événements de l'industrie : la *Fashion Week* et la *Design Week*. Et son cœur bat au rythme de l'*Accademia del Lusso*, institut spécialisé formant des profils professionnels pour l'industrie de la mode et du design.

Vouloir comparer Milan à Paris est illusoire, tant ces deux « fashionopoles » sont différentes. Si je me lançais, je dirais que Paris domine sur le plan de la haute couture et d'un savoir-faire artisanal unique au monde. Quant à Milan, c'est le royaume du prêt-à-porter milieu de gamme et grand public (également en termes de prix). Les marques mythiques italiennes sont nettement plus dynamiques et en vogue que les françaises. Pour ce qui est de la mode masculine, mon profil correspondait davantage à celui recherché par la clientèle dans la capitale lombarde.

Ma carrière s'est décantée après l'obtention d'un article dans *Men's Health Italy*. Il s'agissait d'un éditorial de quatre pages, où je posais habillé, mon « six-pack » n'entrant pas en concurrence avec les abdominaux des modèles bodybuildés choisis traditionnellement pour la couverture de ce magazine ! À ma grande surprise, j'ai décroché la timbale, devançant plus de 300 autres mannequins. Dès lors, les contrats se sont multipliés. À la fin 2007, je figurais dans le peloton de tête des modèles les plus demandés de l'agence, avec un titre de gloire qui a beaucoup compté : obtenir le privilège d'être immortalisé par Maurizio Montani, un des papes italiens de la photo de mode. Ce fut dans son studio situé au cœur de sa maison, près de Brescia. En coulisse, on remarquait plein de décors différents lui permettant de créer une ambiance propre à une photo *fashion*, ainsi qu'un dressing rempli de fringues de designers. Il s'occupait lui-même du maquillage.

À tout seigneur, tout honneur : Montani détenait le pouvoir de sélectionner les hommes ou les femmes sur lesquels il acceptait de pointer son viseur. À cette époque, j'avais en mémoire ses superbes images de la star du moment, Jon Kortajarena Redruello, dont il a su « capturer » avec éclat le tempérament et l'ambiguïté. Il m'en a soumis quelques-unes d'ailleurs, afin de m'indiquer l'orientation de notre séance, qui a duré près de neuf heures ; parmi elles figurait une publicité pour une célèbre marque de mode italienne exhibant ce top model espagnol couché dans une position lascive, veste en cuir et slip noir, demi-masque en latex sur les yeux. Avec ce slogan : « Imagine-moi sans rien, mais regarde-moi avec Mangano ».

En me présentant ce visuel, Montani désirait savoir quel type de personne il avait en face de lui. Il imagea alors notre séance d'une façon étrange, où il était question d'une maison dans laquelle je m'apprêtais à entrer: «Songe que tu pousses la porte en sachant pertinemment que la seule et unique condition pour rester à l'intérieur est que le propriétaire de cette baraque décide de tout à ta place, impossible de faire marche arrière, tu dois te soumettre à lui, obéir à ses desiderata. Ta curiosité est-elle suffisamment forte pour endosser ce risque?»

La rapidité avec laquelle un «non» sortit de ma bouche le surprit.

Si j'évoque cet épisode, c'est parce que ce métier nous place inévitablement face à ce type de situations. Dans la vie de tous les jours, la syntonisation entre deux êtres humains est déjà complexe, alors imaginez lorsqu'elle doit être quasi instantanée dans un studio photo... Un shooting comprend sans aucun doute une part de séduction; mais celle-ci est destinée à l'objectif, non à la personne qui se tient derrière. Cela dit, pour aller dans le sens de Maurizio Montani, je concède que tout mannequin a l'obligation de sortir de sa zone de confort, sans quoi le résultat ne vaudra pas grand-chose.

Une fois définies les limites du terrain de jeu, la séance fut intense, puissante, galvanisante. Et le résultat au-delà de mes espérances. Ces clichés ont sacrément boosté ma carrière et je sais à qui j'en suis redevable.

Milan, plus que toute autre destination, fut à mes yeux la ville de toutes les fêtes. J'y possédais mes quartiers dans plusieurs discothèques et disons qu'à cette occasion mon «carnet de bal» s'est garni d'une longue liste de conquêtes d'un soir... Je louais une chambre dans un immeuble de la rue Medardo Rosso, à deux pas de la gare Porta Garibaldi. Dans cet immeuble, on trouvait aussi deux ou trois appartements de garçons et un appartement avec des filles uniquement. Dès lors, la nuit venue, le programme d'activités se résumait au mot «fiesta». Dans cette authentique auberge espagnole, on croisait des modèles féminins de toutes nationalités, on buvait de la vodka bon marché et on fumait des joints; on vivait simplement, sans drogue dure, la marijuana suffisant amplement. Le lendemain, une fois débarrassés de la coutumière gueule de bois, on filait pour un marathon de castings et de jobs en tout genre; plus souvent à Milan, mais aussi dans d'autres cités comme Florence, Venise ou bien Vérone – ville où, lors d'un show télévisé sur la RAI, j'ai eu l'honneur de camper le Roméo d'une Juliette, en l'occurrence une chanteuse italienne, pour laquelle il m'était prié de jouer un rôle équivalent en tout point à celui d'une plante verte...

En ce temps-là, notre hygiène de vie n'était pas terrible, on mangeait sur le pouce, on buvait et on fumait beaucoup. Il m'arrivait d'aller deux fois par semaine au fitness, mais bon... avouons humblement que l'intermittence présidait en général à ces bonnes résolutions pour garder la forme ! On se réconfortait en considérant que les nombreux kilomètres à pied avalés durant les longues journées de castings faisaient office d'entraînement cardiovasculaire...

Mon agenda se remplissait de plus en plus et je commençais à toucher des cachets, entre 1000 et 1500 euros pour une journée de mannequinat; tout dépendait du type de clichés et des droits allant de pair. Dans ce domaine, devenir l'égérie d'une marque revenait à décrocher le jackpot. Un défilé durant la *Fashion Week* rapportait 700 euros, alors qu'un défilé en province était rémunéré entre 400 et 500 euros, hors prise en charge de l'ensemble des frais par le client. Durant cette période, mon agence italienne recevait aussi des demandes de l'étranger. C'est ainsi que je me suis envolé trois jours à Varsovie en Pologne pour le tournage de la publicité de Carlsberg pour l'Eurofoot 2008. Ce type de contrat nous assure de confortables revenus

– plusieurs milliers d'euros – puisqu'aux prestations fournies pour le tournage s'ajoutent de fructueux droits à l'image (qui s'échelonnent parfois sur plusieurs années).

Cadeau bonus, ce genre de job possède un effet boule de neige auprès des *bookers* internationaux. Résultat : en relativement peu de temps, j'ai obtenu des agences pour me représenter à Madrid, Londres, Istanbul, Mexico City, Bangkok, Hong Kong, Copenhague, en Pologne, en Israël, à Miami et surtout auprès de l'agence Q de New York.

Dans ce métier, le *booker* est la clé de voûte d'une agence. Il encadre les mannequins, les engage, gère leur carrière et leurs plannings, prospecte, coordonne, négocie les contrats, vérifie sur place que les termes de ceux-ci sont respectés ; il est en quelque sorte le vaisseau amiral d'une mission spatiale reliant un ensemble de planètes.

*
* *

Toute médaille possède son revers ; le monde du mannequinat ne fait pas exception à la règle.

Trépidant, oui, souvent. Excitant, c'est sûr. Stressant, mais si galvanisant : « check » !

Pourtant, en ce samedi de la mi-novembre 2009, devant la fenêtre de ma chambre, au dernier étage d'un immeuble new-yorkais sans charme aux murs jaune clair, je ressens un coup de blues. Une forme de satiété par rapport à mon existence de perpétuel nomade. De nouveaux lieux en permanence, de nouvelles personnes croisées, de nouveaux studios sous de nouveaux projecteurs, une routine, oui, mais une routine éclatée sur plusieurs continents, sur plusieurs métropoles avec, à chaque fois, de nouveaux codes à appréhender et cette intuition sournoise que, dans ce « fashion microcosme » aux contours foncièrement superficiels, on passe à côté de sa vie.

Je vis à deux pas de Union Square, en plein Manhattan, partageant l'appartement d'un couple formé d'un Brésilien et d'une Floridienne, ainsi que d'un mannequin originaire du Wisconsin. Trio sympathique, mais autocentré sur deux sujets uniques : *1)* le petit monde du mannequinat et *2)* la vie à l'intérieur des frontières étasuniennes (en dehors desquelles le reste du globe équivaut à une quantité négligeable). De façon graduelle s'est installé entre nous une sorte de « McDo-graben », pour faire allusion au « röstigraben », cette frontière culturelle imaginaire entre Romands et Suisses alémaniques.

Pour autant, quelques semaines auparavant, après avoir bu une bière au bar irlandais au coin de la rue, on passait du temps ensemble sur le toit de l'immeuble à rechercher un peu d'air, tellement l'été indien se transmuait en une vraie fournaise. Cela nous éloignait quelque peu de la chaleur insoutenable de l'appartement, sans air conditionné, qui nous obligeait à vivre en short et torse nu toute la soirée, transpirant en permanence. Cependant, cela ne faisait qu'augmenter mon sentiment d'étouffement. Également sur le plan de mes amours.

Toujours devant ma fenêtre, au cœur de l'automne – la meilleure saison pour croquer la Grosse Pomme, dont les arbres se fardent progressivement de rouge orangé –, j'observe un bureau de poste en face de notre immeuble, avec son bal continu de fourgons estampillés du slogan « *We Deliver For You* » (Nous vous livrons). Par automatisme, cela m'amène à m'interroger : « Et pour moi, que me livrez-vous ? » Pour tout dire, en cet instant, je désire ardemment la livraison d'une histoire d'amour. Non pas que je souffre de la solitude, c'est juste que ma vie sentimentale ressemble à un encéphalogramme plat depuis trop longtemps.

Les conquêtes d'un soir, d'une semaine ou d'un mois se multiplient. Dans ce palmarès, une constante : la volonté de ne jamais me caser. Cette façon de procéder m'était apparue plus ostensiblement au cours d'un séjour asiatique, principalement à Hong Kong et à Shanghai au printemps 2008. Dans cette dernière cité, la plus peuplée de Chine, j'ai participé au plus gros défilé de toute ma carrière, celui orchestré pour le 80e anniversaire de la marque italienne Salvatore Ferragamo, en présence de toute la famille de l'illustre chausseur de stars, dont Marilyn Monroe reste sans aucun doute la plus mémorable.

Nous prenions part à un gigantesque défilé (inauguré de manière époustouflante par le Piémontais Roberto Bolle, danseur étoile de renommée internationale) mettant en valeur les collections homme et femme pour l'automne-hiver 2008/2009. À cette occasion, les rives du fleuve Huangpu accueillaient une réplique du palais florentin de Spini Feroni (où se situe toujours le musée consacré aux créations fantasmagoriques du génial bottier).

Durant ce séjour en Asie, spécialement à Hong Kong, ville où pullulaient des salons de massage que je visitais fréquemment, j'ai pris conscience de mon addiction au sexe. Elle se matérialisait par une envie irrépressible et permanente de ne pas rentrer d'une soirée tout seul. À un moment donné, je ne maîtrisais plus ma sexualité. Elle n'était plus voulue, mais subie et faisait en quelque sorte office de médicament. Je savais incontestablement que cette multiplication de relations d'un soir n'était pas ce que je recherchais. En définitive, cette sexualité compulsive me faisait l'effet d'une drogue. Il me semblait avoir besoin d'un « shoot » et comme celui-ci ne durait pas longtemps, je n'avais de cesse de le répéter le plus souvent possible.

Cela dit, la frontière vers la perversité n'a jamais été franchie ; et je n'ai pas non plus ressenti la nécessité de me rendre chez les Dépendants Affectifs et Sexuels Anonymes.

Ce qui me sauvait, c'est d'être conscient du problème. Réfléchir à la raison d'être de nos pulsions, c'est déjà un bon début pour gagner la bataille. L'ennui constituant le terreau de l'addiction, il m'apparaissait crucial de trouver autre chose pour calmer le jeu.

Toujours devant ma fenêtre avec vue sur New York, mon vague à l'âme s'efface soudain, car les premiers coups de batterie du tube de Jay-Z et Alicia Keys, « Empire State Of Mind », se font entendre. Au premier qui lance : *Tu peux deviner de quelle ville je viens, rien qu'en observant mon attitude*, la seconde répond : *À New York, jungle de béton où les rêves se construisent ; il n'y a rien que tu ne puisses pas faire ; maintenant que tu es à New York, ces rues te feront sentir comme neuf, ces grandes lumières t'inspireront...*

Cette chanson est un hymne à une ville électrisante, que j'adore, mais qui est difficile à domestiquer. Et permettez que je remplace aussitôt le mot « ville » par « melting-pot ». Voilà la qualification la plus juste de New York à mon avis. Un brassage. Une mosaïque. Une énergie. Ou plutôt *des énergies*, selon que vous résidez à Manhattan, à Harlem, dans le Bronx, à Brooklyn, dans le Queens ou les Hamptons ; selon que vous êtes latino, juif new-yorkais, irlandais, français, portoricain, malien, haïtien, brésilien, de Little Italy ou de Chinatown...

Lorsqu'on y bosse, New York vous pompe toute votre énergie ; et dans le milieu de la mode, c'est encore pire ; la concurrence fait rage et ils ne sont que peu d'élus à obtenir les jobs les plus intéressants et les mieux rétribués. Quand vous les conquérez, le temps vous est compté. On se trouve dans la ville qui a inventé le concept de *Time is Money*, j'en suis persuadé...

New York ne se donne pas à vous, elle se mérite. La récompense, c'est Sinatra qui la chante : « *If I can make it there, I'll make it anywhere*» (Si je peux le faire ici, à New York, alors je pourrai le faire partout ailleurs…)

Dans mon activité professionnelle, cette évidente attraction de Gotham est prépondérante. Pas de carrière internationale sans atterrir régulièrement à JFK Airport. Or, depuis quelques semaines, c'est la disette. Pas de labeur pour – dans les épinards – mettre du beurre…

Le dernier contrat, datant du mois dernier, fut exceptionnel dans tous les sens du terme : méga salaire pour une pub à l'enseigne d'une chaîne de grands magasins au Canada, comprenant des « congés payés » pour visiter Toronto ou les chutes du Niagara. Au bout du compte, cette longue inactivité commence à influer sur le moral. Et si j'allais voir ailleurs ? La fin de l'année approche, pourquoi ne pas franchir le cap de 2009 au soleil et échanger le noir et blanc new-yorkais, si bien filmé par Woody Allen, contre le bleu Miami ?

Mon BlackBerry dégainé, l'e-mail est rédigé illico presto et la réponse arrive dans l'heure (encore le syndrome *Time is Money*…). Elle est positive. Allez hop, on prépare les bagages !

*

* *

Miami, décembre 2009.

C'est décembre, pourtant il fait chaud, encore très chaud.

Je longe l'océan Atlantique sur le mythique Ocean Drive, point central du quartier Art Déco de Miami Beach. Face à la plage, des centaines d'hôtels au look des années 1920, dont le fameux Clevelander, rendez-vous coutumier des fêtards. À deux pas, la Casa Casuarina, gigantesque propriété acquise en 1992 par le couturier Gianni Versace, devant laquelle il sera assassiné en 1997. Elle est devenue un luxueux palace à 2000 dollars la nuit si vous voulez dormir dans sa suite Venus.

Ma nouvelle vie à Miami se résume à peu de choses. Gym le matin face à la mer dans une salle sur Ocean Drive avec mon ami Fabrizio, modèle espagnol que j'ai retrouvé ici. Nous avons le droit de profiter gratuitement des installations, étant donné notre statut de mannequin pour une grande agence en ville. Pour ma part, mon agent new-yorkais a réussi à me *booker* chez Ford Models, compagnie qui, l'année précédente, signa un méga contrat avec Jesus Luz, faisant de ce jeune Brésilien de 21 ans l'un des modèles masculins les mieux payés du globe. Quelques mois après, il obtint la consécration lorsqu'il fut choisi par Steven Klein pour un shooting en tenue d'Adam avec une Madonna en tailleur noir. Leur romance a fait les choux gras de la presse *people.*

Miami n'est pourtant pas réputée pour être un gros marché pour les jobs de mannequinat. En règle générale, on y vient pour quelques castings (surtout des catalogues de marques allemandes et hollandaises), mais avant tout pour profiter du climat et de sa vie nocturne. Par conséquent, après la gym, ça se résume à prendre un café cubain – très aromatisé, fort et pas cher – dans l'une des mille échoppes de la communauté cubaine, omniprésente dans la cité du Passage des Amériques. Puis on va se promener torse nu sur le front de mer et y regarder déambuler les jolies filles.

En somme, la journée ressemble à une longue salle d'attente entre castings et passage obligé à la plage pour parfaire le bronzage d'un corps qui est notre outil de travail. Puis le soleil se couche, marquant le top départ des festivités les plus allumées.

Voilà le réel intérêt d'être mannequin à Miami : se trouver dans des soirées, des restaurants, des endroits branchés qui sont tout autant de possibilités d'être repéré. C'est ce qui s'est passé par exemple pour Erin Heatherton, égérie de Victoria's Secret entre 2010 et 2013, découverte à l'âge de 17 ans alors qu'elle passait ses vacances à South Beach. Elle a connu une carrière fulgurante, collectionnant les contrats d'envergure avec des marques réputées, aimantant les dollars et ayant, au passage, un petit copain du nom de Leonardo DiCaprio.

Comme d'habitude, tous ces endroits où il faut être vu, nous y avions accès gratuitement grâce aux PR du coin, ces personnes s'efforçant d'amener du « beau monde » dans divers établissements de la ville.

Fabrizio connaissait un homme d'affaires américain prénommé Mark. Pour la petite histoire, ils ont partagé, sans le savoir, la même compagne… au même moment ! Avec le temps, cette dernière a disparu de leur vie. Mais en lieu et place d'un combat de coqs pour régler cette situation bizarre où chacun était le cocu de l'autre, ils ont étrangement scellé une jolie amitié.

Mark affichait la bonne cinquantaine et reproduisait le cliché de l'Américain dans toute sa splendeur ; corpulent et hautain, il se vantait de travailler en politique et même d'avoir fait pencher les élections américaines dans l'année 2000, lors du scrutin en Floride entre George Bush et Al Gore. Il s'agissait du mémorable épisode des recomptages de voix durant deux mois, stoppé net à la mi-décembre par la Cour suprême, aboutissant à la victoire du Républicain sur le Démocrate.

Si j'hésitais à croire au rôle de florentin que s'auto-décernait Mark, en revanche il était tout à fait crédible avec son chauffeur, sa splendide villa à Miami, les poches toujours pleines de gros billets. Nous avions déjà passé plusieurs soirées en sa compagnie, lors desquelles il nous a introduits auprès de personnes influentes, telles que Steve Rifkind, producteur de musique des Wu-Tang Clan et Akon, ainsi que Dwyane Wade, basketteur emblématique du Miami Heat.

J'ai aussi le souvenir d'une soirée sur un yacht à la Marina, où fourmillaient milliardaires et call-girls. Ce Mark était un phénomène : s'il appréciait notre présence, c'était pour notre rôle de « rabatteurs » ; en clair, nous lui donnions la possibilité d'accéder à ce qu'il chérissait par-dessus tout et qu'il peinait à obtenir, soit de jolies filles, passant à son bras une soirée au restaurant ou en discothèque. Mais attention, l'homme refusait d'emblée tout ce qui s'apparentait à une relation tarifée : il souhaitait passer un bon moment en leur compagnie, sans toutefois qu'elles aient le moindre centime à débourser, que ce soit à la table d'un cinq-étoiles ou dans le coin VIP d'une boîte de nuit select.

Un soir, Mark nous convie, Fabrizio et moi, à un repas « entre mecs » au Vita by Bâoli, restaurant français pour le moins couru, au 1906 Collins Avenue. Un long couloir mène à l'espace principal comprenant trois téléviseurs à écran plat diffusant des vidéos des fêtes déjantées des années précédentes. Les portes d'entrée en acier inoxydable s'ouvrent sur la salle à manger avec parquet en lapacho (bois d'Amazonie), grands lustres en cristal et mobilier stylé. Sur un espace surélevé trône une cabine de DJ en mosaïque. Le tout se transformera plus tard en une sorte de discothèque à ciel ouvert.

Cet établissement, proposant de la musique des années 60, 70 et 80, est fréquenté par des célébrités locales et voyageurs internationaux. Nous sommes attablés à l'entrée de la terrasse, dans la cour arrière, endroit stratégique pour sa vue imprenable sur les autres tables, d'où l'on observe l'entrée de toute nouvelle personne. Le Vita commence à se remplir et, au milieu de la foule, les serveurs s'emploient à réaliser leurs périlleuses chorégraphies, avec plateau et bouteilles de champagne coiffées d'une fontaine pyrotechnique en éruption. Un moyen d'en mettre plein la vue aux autres clients, que j'ai toujours trouvé de mauvais goût ; mais j'imagine que lorsqu'on investit plusieurs milliers de dollars dans un magnum, on doit vouloir le faire savoir aux gens alentour.

C'est à cet instant précis qu'apparaît Claudia.

Alors que la soirée bat son plein, avec le débarquement régulier de séductrices en minijupes plus courtes les unes que les autres, je suis hypnotisé par le dos de cette jeune femme portant un bluejean délavé et une veste en cuir marron. La tenue la plus décontractée que j'aie jamais vue à Miami. C'est d'ailleurs ce qui attire d'emblée mon attention. Puis elle se retourne et là, c'est le coup de foudre. Le vrai, comme dans les films. Celui qui fait battre votre cœur cinq fois plus vite. Impossible de lâcher mon regard de cette belle brune aux yeux bleus, taille moyenne, une chute de reins de naïade brésilienne, avec un visage à la Jessica Alba. Elle est éblouissante. La simplicité de sa tenue la rend encore plus attirante, plus authentique.

Il me faut trouver un prétexte pour lui parler. Étant un médiocre dragueur, je n'accoste jamais une fille directement. En règle générale, je laisse venir, tout au moins jusqu'à ce que je sois sûr à 100 % d'avoir éveillé un soupçon d'intérêt.

Je ne peux pas me permettre de perdre cette opportunité, c'est pourquoi j'improvise en demandant au serveur, un natif du sud de la France, de bien vouloir l'inviter à notre table. Comme il la connaît, il se dirige vers elle, lui touche quelques mots et, au fusillement de regard qu'elle me lance, j'en déduis qu'elle déclinera l'invitation. Cependant, elle s'approche à contrecœur et m'adresse quelques mots dans un anglais moyen, laissant entrevoir un accent français prononcé. Ce sont ces trois petits mots qui scellent notre destin. L'alchimie n'a pas mis davantage de temps pour opérer et, cette soirée-là, nous ne nous quittons pas une seule seconde. Nous partageons la même date d'anniversaire, le 26 février, sinon qu'elle a 365 jours de plus que moi. Elle séjourne ici depuis six mois et réside avec son copain, un DJ ayant débarqué à Miami avec armes et platines et qui réussit une belle trajectoire depuis une décennie. Le couple, pourtant, vient de rompre.

On quitte alors le Vita et on traverse Collins Avenue pour se rendre au Mynt Lounge, club au décor luxueux, bardé de luminaires LED, surplombé d'un énorme lustre lui-même composé d'une multitude de longues cordes de velours mauve, changeant perpétuellement de couleurs. Sous ces éclairages stroboscopiques, on danse une bonne partie de la nuit avant de refermer nos lèvres sur un premier baiser.

Ce baiser est intense, échangé sur un tube techno du moment, et il a le goût salé du mélange de nos sueurs.

Pour nous, la nuit se termine dans un somptueux appartement où elle réside, entièrement vitré et marbré, perché dans les hauteurs d'une tour dominant la baie de Biscayne et South Beach, comme tant de riches propriétés du coin.

Au matin, lorsque les rayons du soleil caressent la peau ambrée de la déesse assoupie au creux de mes bras, je ressens comme une évidence : en une seule nuit, mon célibat, au cœur duquel se multipliaient conquêtes sans lendemain et expériences sexuelles éphémères aux quatre coins du monde, ce célibat a explosé en vol.

Cette femme, je la voulais, et pour moi seul.

Naissance et vie d'une escroquerie

Au début ma « lune de miel » avec Claudia, j'aurais dû vérifier la date de péremption. En réalité, le problème est simple (et répétitif) : je tombe amoureux pour de mauvaises raisons. J'ai toujours été attiré par des femmes ayant – dans l'ordre – du *sex-appeal*, une forte personnalité et dégageant du charisme. Mais au bout du compte, ce type de passion se casse immuablement la figure. Dans ce domaine, mon histoire avec Claudia a constitué la relation toxique par excellence. On vivait entre parenthèses, au cœur d'une réalité de synthèse, remplie de fiestas, de sexe, d'alcool, de diverses substances psychoactives ; une proximité 24 heures sur 24, au sein de laquelle la passion vampirisait la raison.

J'avais quitté mon deux-pièces vétuste avec cuisine de la Drexel Avenue à Miami pour la rejoindre dans ce fameux *penthouse* en marbre aux grandes vitres dans les hauteurs d'une tour, avec piscine intérieure et supermarché privé au rez-de-chaussée... On a très vite plongé dans la démesure autant sur le plan des activités que sur le plan financier ; on vivait bien au-dessus de nos moyens. Avec le recul, je dirais qu'on cheminait avec insouciance au bord d'un précipice.

Je n'ai jamais minimisé la dangerosité de notre mode de vie, mais je ressentais une forme d'ivresse qui prenait le dessus. Mes repères avaient explosé. Et je me sentais pris en otage par l'argent.

Un jour, Claudia m'a demandé de régler le loyer de cet appartement hors de prix. En dedans, je paniquais. J'avais beau la prévenir qu'on courait à notre perte, elle trouvait toujours le moyen de me convaincre. Pour vous la faire courte, si la manipulation était une branche universitaire, elle serait titulaire d'un doctorat…

Elle n'existait et ne respirait que par le regard que les hommes posaient sur elle. Toute discussion, tout échange avec un homme impliquait intrinsèquement un rapport de séduction. L'insatisfaction était le trait structurant de sa personnalité, qui la poussait à faire preuve d'un égoïsme sans nom. Cela dit, elle était hyper séduisante et j'étais fou d'elle. Je l'avais dans la peau, elle me surprenait tout le temps et me fascinait parfois. Comme le jour de notre anniversaire, le 26 février 2010 (elle avait alors 29 ans, moi 28).

De retour d'un shooting au Mexique, elle devait venir me chercher à l'aéroport. Mais en rejoignant le secteur des arrivées, déception, elle n'est pas là. Oubli ? Retard ? Tant pis, au fond rien de grave.

Je sors pour prendre un taxi et là, comme dans un film, elle apparaît, sublime, appuyée nonchalamment sur le capot d'une Lamborghini Gallardo Spyder blanche louée pour le week-end. Dans une tenue moulante couleur rubis, lunettes noires, elle me lance : « Bon anniversaire. » Je reste béat d'admiration. « Ne reste pas debout ! Assieds-toi. » Le bolide n'étant pas pourvu d'un coffre, je m'installe sur le siège passager avec ma valise sur les genoux. On s'embrasse et elle met les gaz. En cet instant, une question surgit dans mon esprit aussi rapidement que Claudia démarre : « Au fait, a-t-elle le permis de conduire ? »

La suite nous fera atteindre des pointes jusqu'à 300 km/h sur l'autoroute, avec la désagréable impression que ma date anniversaire coïncidera avec celle de mon décès prématuré.

Cela dit, que ce soit bien clair, dans notre histoire, je n'étais pas une pauvre victime. J'endosse pleinement ma part de responsabilité sur cette ligne de départ vers la dégringolade programmée… Toutefois, il s'en est fallu de peu pour que cette trajectoire fût totalement différente. En effet, à une seule reprise, je faillis suivre mon instinct. Je ne pleure pour ainsi dire jamais, mais pas ce soir-là, à Miami. Sur le sol en marbre de l'appartement avec vue plongeante sur les îles artificielles où réside le gratin des VIP, je sanglote misérablement au pied du lit, mon sac à dos et ma valise bleu roi sur les draps défaits avec toutes mes affaires, prêt à partir, prêt à quitter ce piège friqué. Un grand moment de faiblesse.

Si je détenais le pouvoir de voyager dans le temps, je retournerais exactement à ce moment et je me hurlerais : « Arrête de vivre à travers quelqu'un d'autre ! Assume-toi comme tu es et trace ta route. Cesse de vouloir toujours aspirer à une existence spéciale ; sors de ce destin en carton-pâte dans lequel tu crois que les challenges les plus fous rendent ta vie plus excitante. »

Hélas, cette tentative de virage à 90° ne s'est pas produite. J'en subis et en subirai encore longtemps les fâcheuses conséquences.

*

* *

Lorsque nous nous sommes installés en Suisse, en septembre 2010, le point de mire de mon horizon s'est rapidement résumé à un objectif unique : « trouver de l'argent ». Dans ce but, j'avais fait une croix sur le mannequinat, qui assurait une rentabilité beaucoup trop irrégulière. En quelques semaines, j'ai eu la chance de décrocher un poste d'analyste financier dans la célèbre multinationale que j'allais arnaquer par la suite. Début du contrat : 1er octobre 2010. À ce moment-là, j'ai cru ingénument que mon salaire suffirait à nous assurer un train de vie, certes beaucoup plus modeste qu'à Miami, et que Claudia s'en contenterait. Cette prévision n'a pas résisté plus de quelques semaines. Après quoi, l'objectif s'est mué en : « trouver à tout prix de l'argent… et rapidos ».

Peu à peu, j'ai échafaudé un plan.

Dans les attributions liées à mon poste, je gérais un secteur d'ouverture de marchés dans des pays où nous n'étions pas encore présents. De mon bureau avec vue sur le lac Léman, on envoyait des émissaires chargés, dans un temps plus ou moins long, de réaliser les objectifs fixés. On remettait à chacune de ces personnes une carte de crédit avec un montant maximal pour leurs dépenses courantes. Lorsque leur mission se terminait, il existait, selon moi, une « fenêtre de tir » afin de s'acquitter de quelques paiements discrets à titre personnel avant de désactiver la carte. D'autant plus que je disposais des codes pour l'utiliser.

L'arnaque a commencé trois mois seulement après mon engagement. Rétrospectivement, je suis surpris de la rapidité avec laquelle j'ai amorcé mes activités frauduleuses… Cela s'est accéléré un jour, par hasard, lorsque j'ai reçu de la banque une carte de crédit renouvelée pour un émissaire de nationalité russe ne travaillant plus pour l'entreprise. La tentation de profiter de la situation est trop forte et, en lieu et place d'avertir mes supérieurs, je me tais. Pire : sur cette carte, j'active secrètement la possibilité de retirer du cash à un distributeur. Dès lors, je rumine durant dix jours. Dans ma tête, un débat constant. Le ventre noué par le trac, je redoute que tout foire au premier retrait. Cela étant, je relativise en trouvant une parade pour expliquer mon geste (du style : *Ce n'est pas du vol, mais un test : je dois vérifier s'il y a une situation à risque*).

Au soir du samedi 11 décembre 2010, je retire un montant de 500 francs suisses dans un distributeur de billets au bas de l'avenue de-La-Harpe à Lausanne. C'est là que tout bascule. Je ressens une puissance en moi. La culpabilité et la peur se changent en excitation. Je sais que c'est mal, mais la voix du raisonnable disparaît derrière les cris de joie du démon de l'orgueil.

Bien sûr, j'étais conscient que des contrôles pouvaient être effectués, et cela s'est passé plus vite que prévu. Un jour du mois de mars 2011, juste après la pause de midi, mon portable sonne tout en affichant un numéro correspondant à la banque émettant les cartes de crédit. Une sueur froide m'envahit. J'essaie de calmer mon stress tout en préparant une forme d'improvisation contrôlée. Il s'agit de faire attention aux détails qui vous trahissent, comme répondre avec votre propre nom, alors même qu'il s'agit du portable censé appartenir à quelqu'un d'autre, en l'occurrence un émissaire ukrainien…

Je prends l'appel en modifiant quelque peu ma voix, bien que je sois nul pour ce type d'exercice. Dans le but de gagner du temps, j'invente un prétexte pour les recontacter dans cinq minutes, histoire de m'isoler dans la salle de conférences avec tous les renseignements nécessaires afin de répondre aux questions traditionnelles de contrôle. Je rappelle en essayant tant bien que mal de prendre un accent des Carpates. La conversation ne s'étend pas au-delà d'une grosse minute, mais il me semble que chaque seconde dure trois fois plus longtemps…

*

* *

Je raccroche. Tout a fonctionné. On m'a cru. Conscient d'avoir senti le vent du boulet, je suis à la fois soulagé et fourbu. Une chose est certaine : retirer plusieurs fois de petites sommes est beaucoup trop dangereux. D'où l'absolue nécessité de limiter les retraits d'argent et de dénicher une solution au plus vite pour me verser une rétribution mensuelle régulière.

Durant quatre mois, j'ai utilisé des cartes de crédit appartenant à des émissaires sans plus d'activité au sein de l'entreprise. Mais cela devenait trop périlleux ; j'ai donc fabriqué quatre profils d'émissaires, à qui je payais de vrais-faux salaires. Il y en avait un pour Claudia et trois autres pour des amis qui étaient de mèche et avec lesquels on avait conclu un arrangement financier : en général, un tiers pour eux, deux tiers pour moi. Ou alors, plus rarement, moitié-moitié. Ce type de rémunération tournait entre 15 000 et 20 000 francs suisses par mois, avec divers frais payés en sus. Je m'étais décidé pour un salaire de base dans la fourchette basse, afin de ne pas éveiller les soupçons. De temps à autre, je me permettais de rajouter un bonus.

Du côté de notre couple, l'argent partait direct dans des vacances. Japon, Polynésie, Maroc, sud de la France, Santorin, Venise, Maldives... Ça partait aussi dans la chirurgie esthétique pour ma compagne, fringues et accessoires de luxe, des crèmes de beauté à 200.– ou 500.– le pot ; c'étaient des hôtels cinq-étoiles, des repas dans des restaurants sélects. On faisait la tournée des boutiques de la rue du Rhône à Genève ; je me souviens du grand sourire du vendeur de chez Louboutin qui, en nous voyant débarquer, savait qu'on repartirait avec deux ou trois cartons de chaussures à 750 balles la paire... Je me rappelle aussi l'inscription sur une liste d'attente à la boutique Hermès pour acquérir un de ces fameux sacs Birkin (à 25 000 francs suisses l'unité) et, six mois plus tard, le téléphone de Claudia exultant : « Il est arrivé ! Le sac, il est arrivé ! »

En toute sincérité, je vivais très mal le fait de claquer autant d'argent sur des trucs aussi superficiels ; l'escroquerie durait depuis deux ans et demi et je n'en pouvais plus de cette relation sentimentale dont la durée était liée uniquement à la poursuite de la fraude. Claudia était de plus en plus absente, en voyage entre Ibiza, St-Trop' et Paris. Quant à moi, je ressentais la pression constante du danger. Tout cela devenait malsain. Très malsain. Je me sentais emprisonné dans un piège qui se serait bientôt refermé sur moi, alors qu'elle vivait dans une totale nonchalance, sans imaginer que cette existence factice puisse se terminer de façon abrupte. Pire, elle me pressait de ne pas arrêter, allant parfois jusqu'au chantage au suicide. Et elle s'y prenait visiblement bien, car je n'ai pas réussi à mettre un terme à ce funeste système.

Sans jouer au moraliste de circonstance, jamais je n'ai aussi bien ressenti l'exactitude de l'adage : « L'argent ne fait pas le bonheur. » Cette expression est la synthèse parfaite de mon existence entre décembre 2010 et décembre 2015, période à laquelle la fraude a cessé. Paradoxal, pourrait-on objecter en comparaison du gigantesque montant des dépenses dilapidées ; et pourtant vrai. Tristement vrai. Il n'y a pas pire poison que la culpabilité : elle voile votre existence jusqu'à rendre opaque votre réjouissance.

Dans ces années d'opulence outrancière, la cerise sur le gâteau – ou plutôt « le gâteau sur la cerise » vu le montant – fut sans conteste le loyer important de la résidence que nous habitions à Chernex, sur les hauts de Montreux, avec vue spectaculaire sur le lac. Un logis qui est rapidement devenu la maison de tous les excès du point de vue des dépenses, mais aussi le lieu de terribles disputes, Claudia menaçant parfois de tout balancer à mon employeur. J'avais beau lui rappeler qu'en cas de dénonciation, on naviguait tous les deux dans le même bateau, rien n'y faisait. Au fil des mois, le système mis en place révélait de plus en plus fragile ; et cette luxueuse bâtisse, qui devait constituer l'Everest de toute l'opération, se muait inexorablement en Fosse des Mariannes… Je m'éloignais de plus en plus de ma famille, de mes amis et, cadeau bonus, je devenais totalement parano ; ça se traduisait par des cauchemars à répétition. Je rêvais à des agents de police débarquant sur mon lieu de travail et mon directeur financier hurlant : « C'est lui ! C'est lui le criminel ! »… Après quoi, menotté et au ralenti, je remontais une « haie de déshonneur » formée par l'ensemble de mes collègues chuchotant avec dédain, ricanant ou baissant le regard avec consternation… Souvent, je me réveillais en sueur avec la boule au ventre et un sentiment nauséeux. Dans ces instants, cauchemar et réalité étaient indissociables.

Pour calmer mes angoisses, j'avais planqué de quoi assurer mes arrières et fuir avant l'arrivée de la police à la maison. Dans un sac de sport, je rassemblai « l'essentiel du petit déserteur », à savoir tout ce dont j'aurais eu besoin en cas de décampement prématuré. Je ne visais pas la cavale de longue durée avec mandat international à la clé, mais juste quelques jours pour réfléchir à la suite. J'avais même fabriqué une « ceinture d'argent » en disposant des billets de mille francs suisses dans de petits plastiques étanches et rassemblés entre eux. Au total, cette ceinture-pirate contenait 100 000 francs suisses et me donnait la possibilité de passer un détecteur de métal et la sécurité d'un aéroport pour m'envoler ailleurs, loin de tout ça. De surcroît, à l'intérieur du sac, on trouvait quelques affaires de rechange, des documents d'identité ainsi qu'un téléphone Prepay acheté à la Poste, avec un crédit rechargeable et sa batterie à 100 %.

Dans un endroit secret du jardin à Chernex, je creusai un gros trou que je tapissai de revêtement hermétique en PVC, pour que le sac tienne à l'intérieur et soit protégé avec mon « kit de survie en cas de fuite ». Le tout a été recouvert de terre, sauf pour la poignée qui dépassait. Cela me permettait de la saisir et de la déterrer d'un coup, avant de fuir dans la forêt attenante…

Parano encore quand on partait en vacances. Redoutant que la fraude fût découverte, je laissais une lettre explicative à ma mère, écrite à la main, dans le vide-poche de la voiture. Dans ce message, je lui demandais pardon sans trop m'expliquer. Je vivais dans un mensonge permanent. J'étais censé passer les plus belles années de ma vie – sinon, pour quelle autre raison aurais-je choisi de frauder? – et ce fut un authentique enfer.

Alors, pourquoi avoir prolongé l'arnaque aussi longtemps? Certes, il y avait un motif aussi matériel que rationnel, puisque je devais d'une part régler les factures et, d'autre part, je m'efforçais de provisionner pour ma vie d'après, assurer quelque peu mes arrières. Mais il ne faut pas se leurrer, la raison pour laquelle j'ai continué est simple: cette arnaque agissait comme une drogue. J'étais accro, point barre. Et lorsqu'on est intoxiqué, rien de plus compliqué que d'arrêter. Cela passe par de multiples tentatives de la perpétuelle *dernière fois*, où les sentiments ont invariablement le dessus sur la lucidité et le discernement. Par conséquent, pour l'équilibre de ma santé mentale, j'avais aveuglément besoin de croire que je maîtrisais la situation. En mon for intérieur, je pensais naïvement m'en sortir d'une manière ou d'une autre. Comment? Mystère. À ce moment, la seule pensée de me dénoncer constituait un obstacle infranchissable: je redoutais par-dessus tout le regard des autres, de ma famille, de mes amis, de mes collègues… Et pourtant, je le reconnais aujourd'hui, une dénonciation aurait accéléré la délivrance que j'ai connue beaucoup plus tard.

*

*   *

Comment quitter une femme qui vit dans une autre réalité ? En ce qui me concerne, cela s'est transformé en cataclysme. Mettre un terme à ma relation avec Claudia fut un calvaire.

Si je devais la qualifier d'un seul mot, j'opterais pour : « déconnectée ». Claudia était objectivement déconnectée de la vie réelle et du danger s'intensifiant de jour en jour par rapport à l'arnaque ; déconnectée aussi des relations humaines « normales » et d'une relation sentimentale équilibrée. J'ai longtemps cru au miracle d'une prise de conscience tardive, mais celle-ci n'est jamais arrivée.

Tout comme dans une téléréalité, Claudia scénarisait son quotidien. Elle exagérait telle ou telle émotion, inventait des histoires pas possibles à l'intérieur desquelles elle plaçait ses propres personnages. Sa réalité boursouflée et ses scénarios rocambolesques ne tenaient debout que par la force de son esprit manipulateur.

Elle savait comment s'y prendre pour m'éloigner de mes proches. De mon côté, par faiblesse et hypocrisie, je prenais son parti, lui trouvant toujours des excuses pour éviter d'aborder le vif du sujet. Ma famille et mes amis se posaient beaucoup de questions sur mon train de vie démesuré et, à chaque fois, j'inventais un bobard pour relativiser (du type : « J'ai acheté cet objet à moitié prix ; j'ai eu ces habits en bénéficiant de soldes exceptionnelles… »).

Cette situation, en déliquescence permanente, aboutissait – une à deux fois par saison – à l'expression répétée de ma volonté de rompre. Avec le recul, je constate qu'en quatre ans de vie commune, j'en ai consacré la moitié à tenter de quitter Claudia. En vain.

Raconté de cette façon, cela peut paraître anecdotique. Mais c'était tout le contraire. Cette dizaine de tentatives de ruptures pesait considérablement sur mon moral. À tel point que, lorsque je montai la onzième – bâtie sur un stratagème diabolique pour que celle-ci n'échoue pas –, je me suis fait houspiller au téléphone par un ami : « Tu n'as pas le droit de quitter une femme ainsi ! Te rends-tu compte de la cruauté dont tu fais preuve ? Tu n'as pas de cœur ; je ne te reconnais plus Lionel ! »

Moi non plus, je ne me reconnaissais plus. Mais c'était véritablement le seul et unique moyen de m'extirper de ce piège oppressant. Sans exagération aucune, il s'agissait d'une question de vie ou de mort pour ce qui concernait mon équilibre mental. Oui, je confirme : le stratagème que j'avais mis en place pour cette onzième tentative s'apparentait à une opération de sauvetage de la dernière chance.

Sachant les moyens qu'elle aurait employés pour riposter (chantage au suicide, *mobbing*, menaces graves...), le plan devait bannir le moindre face-à-face.

Pour commencer, il s'agissait de « parler sa langue », à savoir « parler argent ». Claudia n'avait jamais travaillé de sa vie auparavant. Malgré mes multiples tentatives de lui faire choisir une formation professionnelle ou pour qu'elle prenne un petit boulot, elle ne concevait pas de bosser huit heures par jour si son salaire ne correspondait pas à celui d'un cadre avec une quinzaine d'années d'expérience. « Travailler pour 4000 balles par mois, c'est tout simplement exclu », lançait-elle avec dédain.

Dès lors, en ce vendredi 10 octobre 2014, jour choisi pour réaliser « l'opération rupture », j'avais réuni une forte somme à son intention, « comme pour mieux lui faire avaler la pilule ».

Le plan, machiavélique, était défini : prendre quelques jours de congé au travail et profiter de l'absence de Claudia lors d'un de ses nombreux voyages à Ibiza ou dans le sud de la France, dans le but de mettre en place une stratégie patiemment élaborée. D'abord, je récoltai ses nombreuses affaires personnelles, les plaçai dans des valises et les déposai dans un local de stockage loué à Genève. Le but étant d'installer une distance avec l'appartement de Chernex.

En parallèle, je réservai deux nuitées dans un hôtel de luxe au bord du Rhône, au cœur de la cité de Calvin ; j'expliquai à la réceptionniste que ma compagne allait arriver en début de soirée et qu'il faudrait lui remettre une carte magnétique afin d'entrer dans la chambre. Comme je m'apprêtais à bloquer son téléphone portable – l'abonnement était à mon nom –, j'avais déposé sur le lit plusieurs feuillets sur lesquels étaient répertoriés tous ses contacts personnels (que j'avais photocopiés en prenant soin de ne pas y inclure les numéros de ma famille et de mes amis, afin qu'elle ne les contacte pas de manière intempestive pour se livrer à un quelconque chantage).

À côté de ses contacts : un téléphone avec carte prépayée lui permettant d'effectuer des appels ; puis la clé ouvrant l'espace de stockage avec ses affaires ; une forte somme en argent liquide, ainsi qu'un dictaphone comportant un message dans lequel j'évoquais une énième fois les raisons pour lesquelles j'étais contraint de mettre un terme à notre histoire.

De retour à Chernex, j'ai pris quelques affaires et suis reparti en voiture, quittant une maison dont j'avais fait changer les serrures la veille ; je ne tenais pas à ce qu'elle revienne et qu'éclate un impitoyable conflit aboutissant à un énième renoncement de ma part à la quitter.

Il est 20h30. Je me suis garé dans un parking public. Un SMS de sa part m'avertit qu'elle est arrivée à l'hôtel et qu'elle monte à la chambre. Après un court instant, je bloque son téléphone à distance. J'attends quelques minutes. Je l'imagine écoutant mon message sur dictaphone. Soudain, mon portable vibre.

Je reconnais le numéro du téléphone prépayé. C'est elle. Je réponds. Elle hurle son incompréhension.

Durant cette nuit interminable, alors que je suis cloîtré dans l'habitacle de ma voiture, les coups de fil se répètent. Claudia me traite de tous les noms, m'accuse de tous les torts ; elle fulmine, clame qu'elle se vengera, profère des menaces et annonce qu'elle va contacter tous mes proches.

Le cataclysme pronostiqué s'amplifie brusquement. Je m'interdis de défaillir. Exclu de faire marche arrière !

Il est 6h30 en ce samedi 11 octobre 2014. Garé sur l'avenue Gratta-Paille, en face du World Trade Center à Lausanne, je suis réveillé par une sonnerie. Dans un état comateux, je décroche. Il s'agit d'un de mes meilleurs amis ; j'ai dû oublier de retirer son numéro des feuillets laissés à Claudia... Il m'annonce que son épouse est scandalisée par mon comportement et me conjure d'avoir une explication en tête à tête avec ma compagne. Impossible d'expliquer à mon pote les raisons qui m'ont conduit à rompre de cette manière. Il insiste. Je finis par obtempérer et, après avoir raccroché, j'écris à ma future ex-compagne en lui proposant l'arrangement suivant : elle pourra revenir à Chernex durant maximum un mois, histoire de lui donner davantage de temps pour préparer ses affaires... La maison comportant deux étages, chacun dormira sur « son » niveau. Et on limite les contacts au maximum.

En envoyant le message, je ronge mon frein : « Surtout ne pas céder ».

En définitive, elle est partie au soir du 19 novembre ; de retour du taf, j'ai découvert la maison sens dessus dessous, la table de cuisson vitrocéramique brisée en mille morceaux avec une casserole. Claudia a levé les voiles une bonne fois pour toutes, en dévalisant tout ce qu'elle trouvait. Remarquez, comme il s'agissait d'argent et d'objets acquis par la fraude, je n'allais pas appeler la police…

Le léger sourire qui s'est dessiné sur mon visage était-il lié à cette situation tragicomique ou à l'exaucement d'un vœu? Quoi qu'il en soit, je ne l'ai plus jamais revue jusqu'au jour du 22 janvier 2018 à 9h20, un peu plus de trois ans après notre rupture. Nous étions alors assis dans un bureau du ministère public central, division «criminalité économique», face au procureur qui nous avait convoqués pour une audition de confrontation…

*

* *

«L'après-Claudia» ne fut pas une libération, loin de là. À l'intérieur, j'étais littéralement harassé. Anéanti. Assommé. Toute cette pression accumulée, et puis le vertige, voire l'écœurement en constatant l'ampleur prise par l'escroquerie… Je souffrais de graves accès de paranoïa, installant une caméra au-dessus de ma porte d'entrée pour contrôler les allées et venues, ou dormant avec un club de golf au pied du lit pour me défendre en cas d'intrusion nocturne, sans parler des substances illicites censées calmer ma dépression.

Substances illicites, substances psychoactives… Il faut que j'arrête avec ces «mots paravents». Il faut que j'aborde franchement le sujet de la drogue; que j'évoque ma pire ennemie dissimulée sous le masque de ma soi-disant meilleure amie. Sans cela, mon histoire est incomplète.

Je peine à me confier sur ce sujet, car je n'en ai jamais parlé à personne. Curieusement, je considérais que cette possibilité de taire cette addiction s'apparentait à une forme d'autocontrôle de ma consommation: si je parvenais à maintenir une vie normale par rapport à mon travail, par rapport au sport et à mes connaissances, si celles-ci ne s'apercevaient de rien, cela attestait, à mes yeux, que je « gérais » la situation.

Bien sûr, en établissant ce type de constat, il y avait un semblant de déni de ma part, mécanisme habituel de l'addiction, ainsi qu'une grosse part de mythomanie assumée, dans le sens où je me mentais autant que je mentais aux autres. En contrepartie, il faut reconnaître que j'ai arrêté la consommation de drogue d'un seul coup, sans besoin d'une cure de désintoxication, le jour où, au printemps 2016, j'ai donné ma démission et quitté la Suisse pour l'Espagne. Je n'y ai plus jamais retouché depuis.

Mais revenons à 2015.

Comme l'écrit l'écrivain franco-chinois Gao Xingjian : « Dans les ténèbres, à chacun son destin. » Tel peut être le résumé de ma trajectoire durant cette année. Au cœur de l'obscurité, vous êtes livré à vous-même et ne pouvez compter sur personne d'autre. En définitive, il n'y a que vous qui, au milieu de cette noirceur, déterminez la direction à suivre.

Pour tenter de stopper ce cheminement infernal, je me suis résolu à quitter Chernex. Un ami m'a trouvé un appartement à une vingtaine de kilomètres, à Grandvaux ; ce fut sans doute une décision salutaire.

Et puis une coupure nette avec ma vie d'avant était nécessaire – pour ne pas dire vitale –, raison pour laquelle j'ai entrepris au printemps 2015 un séjour d'une dizaine de jours dans un temple bouddhiste au Népal. J'en reparlerai en détail plus tard.

Cependant, en revenant de Katmandou, la consommation de stupéfiants et d'alcool est repartie de plus belle. Et avec elle, son cortège de conséquences que je devais cacher : irritabilité, insomnies, cauchemars, besoin irrépressible « d'avoir ma dose »... Il fallait que je me dope pour calmer la pression devenue invivable, mais aussi pour retrouver des moments (même artificiels) de légèreté, pour pouvoir rire à gorge déployée en oubliant mes soucis. Sur le moment, ces substances procurent une puissante euphorie, tout en vous « réénergisant » à fond. Et vous croyez – à tort – que vous vivez en osmose totale avec les personnes autour de vous.

J'étais addict. Être addict, c'est lorsque vous ne prenez pas de la drogue uniquement en soirée pour festoyer, mais qu'elle commence à faire insidieusement partie de votre quotidien. Ce, d'autant plus que les énormes moyens financiers dont je bénéficiais frauduleusement ne constituaient pas un frein pour ma consommation. Au contraire.

Durant cette période glauque, à la manière d'un spéléologue de la déprime, j'ai constaté que *le trou n'a pas qu'un seul fond*; dès qu'on atteint le premier, les autres s'enchaînent jusqu'à élimer votre volonté de les limiter. Un parmi d'autres me reste en mémoire, la veille d'un voyage à Madrid où je m'apprêtais à rejoindre Marina – une collègue espagnole d'un autre secteur de la boîte.

Cela faisait sept mois que je tentais de la séduire, sans trop de succès. Elle traversait aussi une séparation d'avec son compagnon. Durant toute cette période, j'ai redoublé d'efforts afin qu'elle daigne me considérer, mais je suppose que je l'ai plutôt effrayée qu'autre chose... J'en faisais trop. Beaucoup trop. Si l'on considère l'adage « fuis-moi, je te suis ; suis-moi, je te fuis », j'étais manifestement concerné par la première partie de ce dicton, essayant sans relâche d'attirer son attention en lui glissant à tout bout de champ des petits textes ou des dessins.

Je l'avais rencontrée au printemps, alors qu'on m'avait demandé d'organiser une conférence interne sur la TVA internationale. À la tribune, j'évoquai donc un contexte, celui de la mondialisation engendrant une croissance permanente des échanges internationaux, face à des entreprises de plus en plus confrontées à des difficultés en ce qui concerne le régime applicable en matière d'impôt général sur la consommation. Mais, pour être honnête, mon attention était ailleurs. Tout en poursuivant mon exposé, j'observais une jeune femme brune, en tenue foncée. Et peu à peu, il n'y avait plus qu'elle dans la salle. Dès lors, je poursuivis mon propos en essayant de briller un maximum pour qu'elle ait envie de m'aborder une fois la conférence terminée. Hélas, il n'en fut rien.

Un mois se déroula avant d'établir un premier contact. Dans mon assiduité à accrocher son attention, il y avait aussi, sans doute, une détermination liée au besoin de « tirer un trait » définitif sur mon histoire avec Claudia, la nécessité aussi de vivre une histoire d'amour moins torrentueuse. Au début, Marina a dû ressentir tout cela et se méfier de mes élans vers elle. Toutefois, à chacun de nos échanges et de nos rencontres, un socle de confiance et d'amitié se solidifiait.

Puis, un jour, elle m'annonce qu'elle va passer le premier week-end de novembre chez ses parents à Madrid. Aussitôt, je me résous à la rejoindre. J'achète mon billet pour un vol partant le 6 novembre à 7h10 de Genève-Cointrin.

La veille du départ, au lieu d'aller me coucher tôt, sans savoir pourquoi, je choisis de boire plus que de raison. Cela a pour conséquence de prolonger mon état euphorique jusqu'à 4 heures du matin. Je suis alors explosé de fatigue, mais renonce à dormir, sous peine de ne pas me réveiller à temps pour prendre l'avion. Je remplis chaotiquement un sac de voyage avec mes affaires et parviens à l'aéroport vers 5h30. Là, je me couche par terre, à même le sol pour dormir ne serait-ce qu'une demi-heure. Pathétique. Je suis en train de vivre un «bad trip», qui se prolongera à mon arrivée à Madrid. Quand je rencontre Marina, elle s'aperçoit de mon état second. C'est l'heure d'un énième mensonge – «gros stress au boulot» – pour expliquer ma fatigue extrême.

Au bout du compte, nous passerons deux jours magnifiques ensemble. Mais pour apprécier ces instants, je suis contraint, une fois encore, d'enfermer au fond de ma conscience le dégoût que m'inspire ma façon d'agir…

Le plus baroque de cette période fut sans doute que, sur le plan pécuniaire, j'ai poursuivi jusqu'à la fin de l'année les versements frauduleux à mon bénéfice, alors même que je savais qu'ils constituaient la raison principale de mon mal-être. On aurait pu me comparer à Gollum, si maladivement ensorcelé par «son Précieux» qu'il en oublie toute autre chose. Mais contrairement à ce personnage glauque du *Seigneur des Anneaux*, il a suffi d'une soirée pour prendre la décision de tout arrêter.

Cette soirée organisée annuellement à l'approche de Noël par mon entreprise eut lieu le vendredi 11 décembre 2015 au Montreux Palace. Pour les raisons que l'on devine, je ne m'étais jamais autorisé à en fréquenter une depuis mon engagement. Je ne supportais pas l'idée de soutenir le regard de mes collègues de travail et de mes supérieurs, alors même que, sous leur nez, j'escroquais la boîte depuis si longtemps.

Or, cette nuit-là, dans le cadre chaleureux d'une salle de réception Belle Époque, associé à la bienveillance des gens que je croisais et avec qui je discutais, j'ai rencontré des collègues qui me disaient apprécier de bosser avec moi. Au lieu de me rendre heureux, cette cordialité, cette sympathie et cette prévenance m'ont attristé. J'avais honte de leur mentir. «Lionel, tu es quelqu'un de mauvais», pensai-je profondément. Il fallait mettre un terme à cette mascarade.

Le lendemain, à peine réveillé, j'ai rédigé ma lettre de démission que j'ai envoyée en recommandé. Onze jours plus tard, j'ai dérobé la dernière somme d'argent. C'était le 23 décembre 2015, soit exactement cinq années après avoir démarré cette gigantesque arnaque.

En relisant cette missive, adressée à mes deux supérieurs, je m'aperçois qu'au début j'y ai glissé une phrase sibylline qui en disait long sur la vraie raison pour laquelle je quittais mon emploi : « *Quoi que vous pensiez de moi, aujourd'hui ou demain*, je tiens sincèrement à vous remercier tous les deux. Merci de votre confiance, merci de m'avoir donné la chance de retrouver mon "vrai métier", au sein d'un département de comptabilité et de finance. Ces cinq années de travail sont et resteront toujours un moment-clé dans ma vie. Je respecterai toujours votre travail et la façon dont vous le gérez ; vous avez tous deux été des modèles pour moi. Cependant, à ce moment de mon parcours professionnel, je recherche de nouveaux défis. J'ai envie de vivre de nouvelles expériences, peut-être pas au sein d'une multinationale, et peut-être pas en Suisse. Par conséquent, je tiens à vous informer de ma démission. Celle-ci n'est pas née d'une décision soudaine. Elle a été pensée depuis quelques mois déjà. Sincères amitiés, Lionel. »

Ce départ a été mal vécu par mes deux boss, qui me l'ont bien fait comprendre jusqu'à mon pot de départ, quatre mois après. Par ailleurs, j'imagine que leur inimitié s'est muée en fort ressentiment lorsque, en 2017, ils ont appris mes agissements frauduleux. Ma cheffe de département ne m'a plus jamais adressé la parole ; tout comme mon directeur financier, qui se vantait d'être le spécialiste de l'*internal compliance* (à savoir des procédures internes relatives à la conformité, faisant partie intégrante de la structure et des opérations quotidiennes d'une entreprise de cette taille).

Je devine aisément leur colère; ils m'ont tous deux fait confiance et m'ont donné une sacrée chance en engageant un analyste financier atypique qui venait de passer quatre ans de son existence à courir les shootings à travers le monde en tant que mannequin. Ma trahison ayant duré cinq longues années – en l'occurrence presque autant que ma collaboration au sein de l'entreprise –, elle fut sans le moindre doute plus amère à avaler pour elle et pour lui… Qu'il me soit permis, s'ils lisent ces lignes, de leur présenter mes plus sincères excuses.

*

*   *

Samedi 26 février 2022, jour de mes 40 ans.

En Suisse, l'espérance de vie pour les hommes étant de 81 ans, il s'agit, en théorie, de la moitié du chemin. Or, en ce jour anniversaire, je ressens un mélange de nostalgie et de culpabilité. Je pense avoir vécu des années magnifiques jusqu'à mes 30 ans. Tout s'est déroulé dans l'harmonie, avec cette étincelle qui vous fait avancer dans une direction choisie et l'instinct profond de vous sentir en phase avec ce pour quoi vous existez sur cette planète. Et puis, sans savoir comment, la trentaine passée, j'ai opté pour le mauvais itinéraire. À cause de cette décision relevant d'un manque d'intelligence, la dernière décennie de mon existence fut la pire.

Honnêtement, je ne pensais pas que les gueuletons du week-end de mes 40 piges seraient constitués de raviolis en boîte le samedi soir et des immuables repas du dimanche depuis sept mois de détention : à savoir poulet (mal) grillé à midi et pizza de supermarché le soir. Plus sérieusement, en analysant mon parcours, je considère qu'il n'est ni raté, ni réussi : rien ne sert de le qualifier d'ailleurs, car il est en perpétuelle construction. *Work in Progress*, selon l'expression anglophone. Au bout du compte, derrière chaque regret se dissimule un choix qui a été arbitré et qu'il faut se résoudre à assumer.

Et puis, franchement, sur cette terre, combien d'êtres humains sont devenus exactement ce qu'ils ambitionnaient de devenir? Sans doute aucun. Il est impossible de dessiner une trajectoire rectiligne dans les méandres et virages en épingle que vous réserve la vie. À partir de là, j'espère tout de même ne pas évoluer en «mouton noir» dans mon cadre privé...

Ma famille vient de Broc, dans le canton de Fribourg. Mon père, issu d'une fratrie de quatre garçons, résidait dans la maison à côté de celle de ma mère, issue d'une fratrie de quatre filles. Mes quatre grands-parents ont travaillé à la fabrique de chocolat Cailler. Quant à ma sœur aînée et ma sœur jumelle, elles n'ont jamais ressenti aussi fort que moi le besoin de voyager à travers le monde. Voilà donc une famille irréprochable qui, aujourd'hui, doit digérer le fait que l'un des siens purge une peine pour escroquerie. Dès lors, j'ai comme l'impression de leur avoir «infligé» ma vie et mes choix de carrière saugrenus. À l'heure actuelle, je ne suis donc pas tout seul à devoir assumer mes erreurs. Par ricochet, ils sont contraints de les assumer aussi.

Bien sûr, en ce jour anniversaire, j'ai reçu des mots de félicitations, la plupart provenant de personnes à qui je n'ai rien dit à propos de ma détention et d'autres – une infime minorité – qui sont au courant. Parmi ces messages, il en est un qui m'a surpris, car il est signé de Marina, l'ex-collègue madrilène que j'avais poursuivie de mes assiduités sans succès; le plus surprenant est qu'elle n'ignore rien de ma situation de prisonnier...

«Comment vas-tu? m'interroge-t-elle. C'est une question qui me tient à cœur, pas juste une formule de courtoisie, et si tu as besoin de soutien durant cette période difficile, ce sera volontiers. De mon côté, j'ai quitté les États-Unis pour m'établir à nouveau en Europe. Une nouvelle étape motivante. Je suis en Suisse depuis quelque temps. Veux-tu que l'on se voie ? »

Avec plaisir. Un mardi de la mi-mars, on croque un truc ensemble à la pause de midi. C'est un jour de sirocco. Une poussière jaune-orange, disséminée par des vents violents et chauds en provenance du désert du Sahara, colore le ciel et toute chose de tons sépia. On a comme l'impression de figurer sur une photo des temps anciens…

Marina a troqué sa tenue du temps où l'on s'est connus – veste ajustée et pantalon cigarette – contre un look beaucoup plus cool, tendance hippie. Elle a aussi changé de direction dans sa vie, assumant foncièrement sa quête d'un absolu plus spirituel que matériel ; dans ce but, elle a co-fondé un site Internet organisant pèlerinages et ateliers de développement autour du « grand dessein de chaque être humain, à savoir la reconnaissance de notre essence libre et pleine ; où s'épanouit une nouvelle perspective de réalité, basée sur l'équanimité, la paix et la compassion ». Cette rencontre du silence se construit à partir du mantra suivant : « Le silence n'est pas l'absence de quelque chose, mais la présence de tout. »

Je l'envie d'avoir trouvé sa voie. Elle se sent en symbiose avec le cheminement qu'elle s'est choisi. « Être libre, dit-elle, ce n'est pas tout abandonner, c'est plutôt laisser arriver ce qui arrive, et ce qui n'arrive pas ; nous permettre ainsi de comprendre au plus profond de nous que rien n'est superflu ou manquant dans cette grande danse cosmique. »

Parler avec Marina me fait du bien. Sa quiétude et sa paix intérieure sont sources de sérénité. Et son incandescent sourire, source de luminosité. Peu à peu, je prends conscience du rôle – modeste mais significatif – qu'elle a joué dans mon existence en me tendant un miroir grossissant, dans les reflets duquel je percevais quelques-unes de mes erreurs d'aiguillages... Puis, au printemps 2016, après ma démission et mon séjour au Népal, elle constitua malgré elle une sorte de boussole au moment où, psychologiquement parlant, je tentais de surnager dans les eaux boueuses d'après la fraude. Le choix de m'installer à Madrid fut alors comme une illumination. Sans compter qu'on ne pouvait rêver meilleur pays pour y concevoir un projet façon... « auberge espagnole », où tu trouves ce que tu y amènes, mais aussi ce qui t'intéresse en fonction de tes goûts, ta culture ou tes convictions. Voilà le type de « salle d'attente » dont j'avais besoin, moi qui, en termes d'avenir, hésitais toujours quant au choix du destin et au choix de la destination...

L'épée de Damoclès

L'Espagne fut mon purgatoire ; et l'apprentissage de la langue espagnole constitua le moyen employé pour tenter de changer de vie pour de bon. Une formule quelque peu emphatique, mais qui ressemble à la réalité d'après l'enfer de la fraude, ma démission et mon départ de Suisse.

N'étant pas foncièrement religieux, évoquer d'emblée deux «lieux bibliques» propres au catholicisme paraît incongru. Pour faire plus laïc, j'aurais pu reprendre le refrain trottant dans ma tête à cette époque, à savoir «Stressed Out» – «*Wish we could turn back time, to the good ol' days, When our momma sang us to sleep but now we're stressed out*» (Comme j'aimerais que nous puissions revenir en arrière, au bon vieux temps, Quand notre maman chantait pour nous endormir, mais maintenant nous voilà stressés.) Cependant, pour illustrer une profonde remise en question, l'imagerie du purgatoire – antichambre dédiée à une opération de purification de l'âme – est nettement plus évocatrice que le stress lié à la nostalgie du temps passé, chantée par le groupe Twenty One Pilots…

Encore que. Il faut reconnaître qu'il y a pas mal de marge entre ma situation et l'expiation proprement dite de mes péchés. Car il est insolite d'expier ses péchés lorsqu'on subsiste encore grâce à eux ! Durant cette période, j'ai en effet vécu sur un « bas de laine » constitué de fonds liés à l'escroquerie, cagnotte complétée par les avoirs de prévoyance professionnelle retirés suite à ma démission, ainsi que des rétributions liées à la reprise ponctuelle de mes activités de mannequin.

Reste la culpabilité. Collante, gluante, poisseuse ; pareille à une sangsue se glissant insidieusement dans vos pensées et qu'il s'agit de domestiquer, sans quoi vous devenez fou. Cela dit, je relativise : ce prétendu « purgatoire » n'est pas vécu comme un « quasi-enfer » enraciné aux tréfonds des abysses, mais plutôt comme l'ascension de la « montagne de l'âme » imaginée par Dante dans *La Divine Comédie.* Je trouve d'ailleurs que cette image de cheminement hélicoïdal autour d'une corniche – pourvue de sept arrêts destinés à purger chacun des péchés capitaux – correspond davantage à ma situation : en quelque sorte, un *Fort Boyard* de l'âme, où la réflexion, associée à la repentance, conduit sur le chemin d'une rédemption espérée...

Et puis, pour l'anecdote, cette image de montagne à escalader s'est vite imposée, sans doute parce que je devais gravir quotidiennement – au minimum deux fois par jour – la centaine de marches d'un immeuble sans ascenseur afin d'atteindre mon appartement au cinquième étage du numéro 8, Calle de San Cayetano.

Cette gymnastique régulière avait le mérite de libérer toutes sortes de spéculations, plus ou moins oppressantes, dont une grosse part concernait ma vie d'avant. Si bien que, peu à peu, je me suis autopersuadé que ma cage d'escalier demeurerait le seul endroit toléré pour évoquer ou endurer les poussées de paranoïa et autres joyeusetés liées inévitablement à la macération de mon passé de criminel. Un artifice comme un autre pour s'efforcer de limiter les mauvaises pensées au strict minimum. On a les expédients qu'on peut...

Cependant, de façon progressive, ces « méditatives montées des marches », combinées à l'éloignement de la Suisse, avaient un effet bienfaisant sur le moral, allant même jusqu'à faire naître de premières hypothèses, encore indistinctes, d'une sortie de l'affaire sans passer par la case prison.

Je résidais en plein centre-ville, dans le mythique et populaire quartier « La Latina », à quelques pas du Rastro, gigantesque et populaire marché aux puces du dimanche matin, carrefour fabuleux de cultures où l'on déniche du tout épique de toute époque.

À deux pas de la maison se situait mon « quartier général » : le café du Teatro El Pavón. J'y accompagnais de cañas (bières pression) l'essentiel de mes apéritifs avec tapas sur la terrasse en pleine rue de ce bâtiment de style Art Déco. C'était le cas à l'issue des journées de cours intensifs d'espagnol (de 8h30 à 12 heures à l'école Eureka située pas loin de la célèbre Plaza Mayor), périodes suivies d'après-midi consacrés à diverses activités culturelles.

Parfois, j'y étais attablé avec une collègue de cours, Sarah – étudiante guadeloupéenne, plus jeune d'une dizaine d'années –, avec qui j'avais tissé des liens d'amitié. On parlait souvent ensemble, j'étais son « grand frère d'Outre-Antilles », comme elle m'avait surnommé. Elle avait choisi d'apprendre la langue de Cervantès par attachement pour un garçon, Estéban. Hélas, le couple s'était « crashé » avant même le début de cet apprentissage. Cela ne l'avait pas découragée, au contraire : elle s'était aperçue que son engouement pour l'espagnol était beaucoup plus solide que son histoire de cœur.

En ce samedi 28 mai, à moins d'une heure de la finale de la Ligue des Champions, alors que les discussions avaient pour thème le combat « madrileno-madrilène », opposant pour la deuxième fois en deux ans le Real Madrid à l'Atlético de Madrid, Sarah se confiait sur ses amours.

– Je ne vous comprends pas, les mecs. Ça vous drague et, à partir du moment où ça marche entre nous, on s'aperçoit que la relation ne progresse pas, qu'elle stagne au rez-de-chaussée. Les mecs, soudain, ça n'accepte plus de prendre l'ascenseur. Tu essaies alors de les rassurer, de leur expliquer qu'on va atteindre chaque étage tranquillement, mais c'est trop tard : ça ne veut déjà plus s'engager… Franchement, c'est quoi, votre problème ?

Je souris. Le côté *cash* de Sarah pimentait sa personnalité et donc son charme. Mandaté subitement et sans préparation pour défendre la cause masculine, je tentai une réponse en abordant ma relation avec Claudia. Plus de dix-huit mois après, les séquelles de cette rupture avaient délibérément créé un blocage. Malgré mes efforts, impossible de construire une nouvelle histoire sentimentale.

– Arrête, ne me dis pas que tu n'es plus jamais retombé amoureux depuis…

Effectivement, c'est le cas. Non pas que j'en souffre, mais je préfère avoir le cœur en jachère. Laisser reposer les sentiments, pour qu'ils aient le temps de se régénérer. Il est vrai que j'ai songé à l'idée de fonder un couple avec Marina, mais cette pensée a fait long feu seulement quelques jours après le début des cours en ce mois de mai 2016, quand mon ex-collègue me fixa rendez-vous dans le quartier HLM de Mortalaz, dans la banlieue est, au bas de l'immeuble où vivaient ses parents. Dans ce royaume de béton fleurissaient, çà et là, de petits espaces verts pourvus de bancs publics. En revanche, contrairement au refrain de Brassens, nous ne fûmes pas deux amoureux qui prirent place sur l'un d'eux. Les mots étaient superflus : avant même de parler, nous savions tous deux que notre itinéraire allait désormais se poursuivre essentiellement sous le sceau de l'amitié.

– Pourquoi es-tu tout de même resté à Madrid ?

Impossible de révéler à Sarah que je désirais quitter une Suisse devenue provisoirement irrespirable à cause de la fraude et que j'apprenais l'espagnol en vue de m'installer dans un pays d'Amérique latine, afin de placer un océan entre ma vie d'avant et un futur pas encore défini. Je répondis donc – tout comme des millions d'étudiants – que cette deuxième langue maternelle la plus parlée au monde constituait un atout non négligeable pour quelqu'un qui désire élargir le spectre de pays où s'établir.

– Sans oublier que Penélope Cruz est espagnole… sourit Sarah en sirotant son cocktail.

Pas faux. Elle faisait allusion à une confidence divulguée suite à la projection du film *Volver*, vu ensemble lors d'un après-midi culturel avec l'école et dans lequel cette actrice crève l'écran. Je l'avoue sans peine : les femmes hispaniques en général me rendent dingue de désir. Je suis totalement magnétisé par elles. Il y a comme un feu qui brûle constamment dans leur personnalité profonde, mélangé à une sensualité ensorcelante, qui m'attire irrésistiblement.

Cette comédie dramatique de Pedro Almodóvar atteint justement son paroxysme au moment où Penélope Cruz, resplendissante dans ce rôle de mère-courage, interprète la chanson « Volver ». Sans compter que les paroles de ce tango de Carlos Gardel se rapprochaient furieusement de ce que je ressentais : *Je crains la rencontre avec le passé qui revient affronter ma vie / Je crains les nuits qui, peuplées de souvenirs, enchaînent mon sommeil / Mais le voyageur qui fuit, tôt ou tard arrête son parcours. Et bien que l'oubli, qui détruit tout, ait tué ma vieille illusion, je garde cachée une humble espérance qui est toute la fortune de mon cœur.*

*

* *

Avec Sarah, on avait choisi de vivre la finale de la Ligue des champions en se promenant au cœur de la cité, tentant de deviner quel bar soutenait l'une ou l'autre des équipes madrilènes. Tâche facile, car au premier coup d'œil on repérait les foules blanches des supporters des «Merengue», baptisés ainsi en raison de leur maillot rappelant la couleur des meringues. Face à eux, les «*Rojiblancos*» de l'Atlético jouant en rouge et blanc, surnommés aussi «*Colchoneros*» (traduisez «les matelassiers», en souvenir de la toile rouge et blanche servant à fabriquer les matelas il y a plus d'un siècle).

Lors de notre balade, l'intérêt principal n'était pas footballistique, mais plutôt en lien avec l'aspect historique et emblématique d'une telle rencontre. De toute façon, impossible d'éviter le sujet; durant les deux prochaines heures, les trois millions d'habitants de Madrid avaient mis le reste du monde sur silencieux: leur attention allait se focaliser sur un rectangle de gazon vert au centre d'un stade à Milan, foulé par vingt-deux as du ballon rond.

C'était le match de Goliath contre David, le match des beaux quartiers contre les quartiers populaires, ou encore le «frère riche» contre le «frère pauvre»: les 240 millions de budget du second étant en effet loin de concurrencer les 580 millions du premier.

– Qui soutiens-tu? questionna Sarah.

L'Atlético, forcément.

À mes yeux, ils étaient pourvus de la meilleure arme dans le domaine du sport, à savoir la revanche. Et, de ce côté-là, ils en avaient, de l'expérience! Lors de leur première participation à la finale de la Coupe des clubs champions en 1974 contre le Bayern Munich, ils marquèrent le premier but lors des prolongations, six minutes avant la fin du match. La partie était donc gagnée et les supporters s'apprêtaient à hurler de joie… lorsque les Allemands ont égalisé, vingt misérables secondes avant le coup de sifflet final ! À l'époque, le règlement stipulait qu'en cas d'égalité, la finale devait être rejouée deux jours plus tard. Ce qui fut fait au détriment de l'Atlético, balayé sans appel quatre buts à zéro.

En 2014, rebelote. Lors de cette finale – la toute première de la Ligue des champions entre deux clubs issus d'une même ville – le David-Atlético marqua le premier goal à la 35e minute face au Goliath-Real, et il conserva cet avantage jusqu'à l'écoulement des 90 minutes. La partie était donc gagnée et les supporters s'apprêtaient à hurler de joie… lorsque, dans les arrêts de jeu, Sergio Ramos égalisa, deux misérables minutes avant le coup de sifflet final ! Les trois autres buts furent encaissés par les «*Rojiblancos*» lors des prolongations.

Après ces deux défaites rageantes, leur appétit de revanche était si aiguisé qu'il ne pouvait être que comblé ce soir.

Une autre raison m'incitait à soutenir celles et ceux qui chantaient à tue-tête «*Aupa Atléti*», à savoir le sentiment vague et irréel que le résultat de ce match allait dépeindre mon futur. Il vous est sans doute déjà arrivé de vous en remettre au destin ou au hasard en pariant sur tel ou tel évènement, afin d'obtenir une sorte d'indication. Du type : *si, parmi les cinq prochaines voitures qui passent, l'une est rouge, alors je réussirai la tâche que je dois accomplir aujourd'hui.* Eh bien, sur le même principe aléatoire, je m'en remettais à cette finale pour présager de l'avenir, comme si, en cas de victoire des Rouge et Blanc, j'avais une minuscule chance que la fraude en Suisse ne soit pas découverte…

Une clameur soudaine interrompit mes pensées. «Il y a but pour le Real», glissa Sarah en apercevant une foule enthousiaste tout de blanc vêtue à la terrasse d'un bar à la suite de l'ouverture de la marque par Sergio Ramos à la quinzième minute de jeu. « C'est mal parti pour tes affaires ! »

Il fallut attendre jusqu'à la 78e minute pour que les compteurs soient mis à égalité, grâce à un superbe goal du Belge Yannick Carrasco. Et ce score ne changea plus jusqu'à la fin des prolongations.

Dans l'attente des tirs au but, on s'installa à la terrasse d'un pub où des amateurs de football des deux camps cohabitaient dans un esprit de sportivité.

Après avoir abordé ensemble les perspectives professionnelles de Sarah, celle-ci s'enquit de mes projets une fois terminés les cours d'espagnol.

Elle savait que je cherchais un point d'ancrage de l'autre côté de l'océan, en Amérique latine. Ce souhait semblait se préciser, car mon désir de faire l'acquisition d'un hôtel écologiquement responsable au Panama avait suscité l'intérêt de la propriétaire, Carolina, qui avait mis son bien en vente. Située sur Las Lajas, une plage vierge de douze kilomètres de long, cette auberge avait tout pour plaire. Elle possédait un côté authentique qui m'attirait, placée au cœur de la nature, avec pour accompagnement le chant des oiseaux et le grondement des vagues déferlantes du Pacifique.

L'arrangement était le suivant : je devais verser un acompte équivalant à la moitié du prix de vente et je paierais le solde mensuellement, comme un loyer. Deux lots étaient adjacents et clôturés par un mur, avec un puits dans le jardin et divers arbres tropicaux (moringa, corossolier, goyavier, citronnier, palmier, yucca) ; l'endroit idéal pour y créer aussi un camping et un mini-supermarché dont touristes et locaux auraient grandement besoin, étant donné que le commerce le plus proche était situé à dix kilomètres…

– *Sería tan amable de guardar silencio, señor. ¡Es la tanda de penaltis !*

À la table d'à côté, on me prie poliment de me taire ; perdu dans mon songe panaméen, je ne me suis pas aperçu qu'au brouhaha ambiant dans le bar a succédé un silence religieux, alors que, pour le Real, Lucas Vázquez se prépare à ouvrir la séance de tirs au but. D'un seul coup, le reste du monde n'existe plus. Tous les yeux sont rivés sur un écran plat.

L'égalité règne entre les deux équipes jusqu'au troisième des cinq tirs : en revanche, si le quatrième est marqué par Sergio Ramos, celui de Juanfran, pour l'Atlético, finit sur le poteau…

Les supporters des Colchoneros sont pétrifiés. Interdits. Leur sidération s'accentue à l'approche de Cristiano Ronaldo. Dans leur esprit surgit une question qui n'aura pas le temps d'en être une : « Comment le meilleur buteur de la plus prestigieuse des compétitions de clubs en Europe pourrait-il rater son penalty ? »

La réponse tombe comme un couperet : d'une frappe chirurgicale, CR7 offre au Real sa onzième Coupe aux grandes oreilles.

Dans le bar, le contraste est saisissant entre le Madrid qui gagne et le Madrid qui perd. Les uns se dressent en hurlant de joie, les autres sont comme changés en statue de sel. Avec Sarah, sans se parler, on choisit de maintenir la neutralité qui fut la nôtre tout au long de l'évènement. De notre poste d'observation, nous sourions aux uns et lançons des regards consolateurs aux autres.

Ainsi, fatalement, Goliath a battu David.

Par rapport à mon pari, le présage est incontestablement défavorable. Dans toute loterie, je préfère ce moment où l'espoir nourrit les projets les plus dingues. Mais lorsqu'on retombe sur terre, il faut se rendre à l'évidence : cette nouvelle défaite préfigure un plausible échec dans ma vie. Toutefois, pas question de désespérer : « Réserve tes mauvaises pensées pour tout à l'heure dans la cage d'escalier de ton immeuble… »

Sarah interrompt ma rêverie :

– Excellente idée que ton hôtel au Panama. Tu partiras quand ?
– À la fin du mois d'août.

La réponse est tombée du tac au tac. Sa promptitude me surprend, car la décision n'était pas du tout prise la seconde d'avant ! « C'est sorti du cœur », comme dirait ma mère. Ou alors est-ce la prophétie accomplie par le truchement du penalty de Ronaldo qui fut déterminante. Allez savoir… Toujours est-il que, la seconde d'après et les suivantes, cette résolution s'impose petit à petit. Je ne reviendrai pas dessus. L'hôtel à vendre sur la plage de Las Lajas est désormais le numéro sur lequel je place tous mes jetons. Certes, ce quitte ou double est pour le moins risqué, mais je choisis de faire confiance à ma bonne étoile. Dès mon retour à l'appartement, je confirmerai mon intérêt à conclure cet achat immobilier.

En août, une fois terminés les cours d'espagnol à Madrid, départ pour le Panama de façon à honorer mon bail d'hôtelier à la date du jeudi 1er septembre 2016.

*

* *

Au matin du vendredi 16 septembre 2016, 7 heures sonnent au vieux réveil sur la table du salon.

Luca prend déjà sa douche. Juste avant de se laver à l'eau froide (pour économiser l'eau chaude), il a préparé le petit-déjeuner : un invariable sandwich au jambon avec du pain toasté accompagné de l'immuable café au lait dans un vieux thermos auquel il manque l'anse.

En cette journée de Fête nationale mexicaine, pas question de renoncer au rituel quotidien de l'entraînement. « Chaque chose de la Nature contient sa part de merveilleux. » Et Luca de répéter chaque matin un équivalent espagnol de cette citation d'Aristote pour stimuler l'entrain de rejoindre en courant le gros kilomètre séparant son appartement du Parc Maria Enriqueta Camarillo.

Dans ce que j'appellerais plutôt une « nature en captivité » au beau milieu de la tentaculaire cité de Mexico, nous développons notre masse musculaire grâce à divers exercices en recourant au matériel urbain à disposition, ceci à l'ombre d'un *ahuehuete*, arbre national au tronc énorme. À ce propos, le nombre considérable de (magnifiques) parcs publics constitue un indéniable paradoxe dans cette mégalopole considérée comme l'une des plus polluées au monde ; au printemps passé, elle a connu une foudroyante crise environnementale : un brouillard dense, formé de polluants atmosphériques toxiques, a recouvert durant deux jours la totalité de l'agglomération. Les véhicules ont été interdits de circuler pendant quarante-huit heures et les habitants incités à rester chez eux.

Luca, mon collègue colombien, culmine à 193 centimètres, deux de plus que moi. C'est une armoire à glace ambulante, qui entretient avec minutie son corps, qu'il qualifie d'outil de travail en tant que modèle. Sur sa page Instagram, il sourit toujours. Mis à part sur les images de shootings – où, selon ses termes, « les photographes [lui] m'ordonnent de tirer la gueule » –, Luca affiche ses dents blanches sur la quasi-totalité de ses photos privées. Un sourire authentique, une « hyperpositivité » en toutes circonstances, alors même que sa situation est précaire et qu'il a souvent de la peine à boucler ses fins de mois. C'est bien simple : si la galère était un art, il en serait sans aucun doute le Picasso.

Depuis trois semaines, au lendemain de son trente-troisième anniversaire, il m'a accueilli dans son appartement de la rue Monclova, à la demande du *booker* mexicain que j'ai appelé en urgence pour reprendre des jobs dans le mannequinat. Ce directeur d'agence, avec lequel j'ai beaucoup travaillé par le passé, m'a indiqué l'adresse de cette habitation exiguë, occupée par quatre mannequins, deux filles et deux garçons. Locataire principal, Luca possède sa chambre, Camilla et Lucrecia, respectivement originaires de Colombie et du Mexique, dorment dans la seconde, et j'ai hérité du canapé-lit dans le living-room.

Vous l'avez compris: le Panama, c'est déjà de l'histoire ancienne. J'y suis resté moins d'une semaine en tout et pour tout. Le «petit paradis vert, à quelques pas de l'océan Pacifique, adepte de la permaculture et particulièrement adapté aux amoureux de la nature et des animaux» s'est transformé en une grosse déception.

À la mi-août 2016, durant le vol direct Madrid-Panama City, puis durant le vol suivant, reliant la capitale de cet état transcontinental à la ville de David (située à 450 kilomètres au sud-ouest), j'étais principalement occupé par les changements à répétition des pansements ensanglantés d'un tatouage effectué la veille de mon départ d'Espagne, dans un salon du quartier bohème de Malasaña. Sur la partie visible de l'avant-bras gauche figure un paysage suisse composé d'une forêt et de montagnes – comme si j'avais voulu graver un emblème de ma patrie, sachant que je n'allais pas la revoir de sitôt – et, au dos, quatre idéogrammes africains évoquant le savoir, la liberté, la sagesse et le temps qui change tout.

J'affectionne les tatouages depuis le tout premier – un caractère chinois sur mon épaule droite à l'âge de 17 ans (avec l'autorisation écrite de mes parents). Sa signification, en l'occurrence *la soif de découverte*, en dit beaucoup sur ma personnalité;

plus généralement, tout symbole tatoué matérialise un concept, une émotion, une conviction par nature insaisissable. Dès lors, il donne de la visibilité à ce qui est par essence invisible.

Après avoir atterri à David, en sortant de l'aéroport international Enrique Malek, je suis une nouvelle fois surpris par la chaleur écrasante de l'Amérique centrale, accompagnée de cette odeur particulière, mélange à la fois sucré et nauséabond. L'hôtel que je m'apprête à acheter se situe sur une plage de rêve, presque sauvage, sans trop de touristes, une plage tranquille avec, en fin de journée, un impressionnant effet miroir sur le sable mouillé, reflétant d'hallucinants couchers de soleil. Cette bâtisse se trouve dans la province de Chiriqui, à moins d'une heure de route de David, deuxième plus grande ville du Panama.

Pour m'y rendre, j'ai loué une voiture. Et voilà que j'emprunte déjà la Panaméricaine, cette route mythique longue de 30 000 ou 40 000 kilomètres (selon l'endroit où l'on fixe le point de départ), reliant les trois Amériques, de l'Alaska jusqu'en Patagonie. Mon aventure débute de manière sportive entre une chaussée barrée par des cargaisons de camions renversés, un slalom improvisé avec les centaines de motos qui vous dépassent à vive allure, sans compter les animaux souvent présents sur ce tronçon.

Arrivé à bon port, Carolina m'invite à la suivre pour un tour du propriétaire. Première mauvaise surprise : le contraste entre les photos sur Internet et la réalité de cette bâtisse, laissée carrément à l'abandon – ou alors pas encore terminée pour ce qui est du hall, de la cuisine et du réfectoire. Avec, en cadeau bonus, une végétation dense envahissant les lieux.

Un second désenchantement naît avec la disparition de l'enthousiasme que Carolina avait pourtant manifesté dans ses messages. Devant moi chemine une femme apathique, vivant en complète autarcie avec ses chiens et leurs « copains indigènes », à savoir serpents (plus de 150 espèces différentes, d'après ce que j'ai compris), araignées et scorpions. De toute évidence, un repoussoir pour la future clientèle. Et, comme si cela ne suffisait pas, Carolina décroche le pompon en se glorifiant sur un ton badin de la visite de crocodiles dans la propriété au moment des grandes crues… Nul besoin d'attendre la nuit pour qu'elle porte conseil : à l'issue de la visite, je décline poliment l'offre et abrège mon séjour. N'ayant conclu aucune promesse de vente, cette affaire ne me coûte que l'argent dépensé pour le voyage.

De retour dans la voiture de location, surgit une grosse remise en question. Que faire ? Où aller ? Tout se casse la gueule encore une fois. En désespoir de cause, je me résous à traverser le pays en direction de la côte caribéenne, à destination de l'archipel Bocas del Toro au nord-ouest. Ce site, constitué d'une dizaine d'îles et d'îlots, est considéré comme le rendez-vous des touristes, des fêtards, des globe-trotteurs et amateurs de surf.

Deux-cent-cinquante kilomètres à travers les terres me séparent de cet eldorado. Hélas, ce voyage durant lequel j'espérais une inspiration, voire une révélation sur mon futur, se révèle moins idyllique que prévu ; je passe en effet près de six heures dans l'habitacle du véhicule en ne voyant continuellement que deux nuances de couleurs : le brun-vert de la végétation pris en sandwich entre le gris anthracite de la route et le gris clair du ciel nuageux. Pas une âme qui vive dans les villages traversés, ce qui a pour effet de renforcer un sentiment de stress mêlé d'inquiétude.

Au bout de ce long couloir d'asphalte semblant dépouillé de toute âme, l'arrivée sur Isla Colón s'apparente à un retour à la civilisation… Mais cette impression ne dure pas : l'atmosphère y est bizarre. Voire électrique. Si je n'étais qu'un voyageur temporaire dans cette contrée, peut-être parviendrais-je à m'intégrer plus aisément, mais tel n'est pas le cas. Sur cette île principale de l'archipel, je stationne trois jours, juste le temps d'envoyer un e-mail à mon ancienne agence de mannequins et attendre d'avoir une confirmation définitive que mon avenir ne sera pas panaméen. J'ai besoin de plus de fourmillement de vie, de plus d'activité humaine, de plus de contacts et d'échanges.

« Salut Lionel, ici Gottfried de *GH Management*, bien reçu ton message. Oui, on t'accueille avec plaisir à Mexico ! Envoie-moi une copie de ton passeport aujourd'hui afin que l'on puisse entamer la procédure de visa ; en pièce jointe, je te mets les papiers à remplir et à présenter dans une ambassade mexicaine. Et on t'a dégoté une place dans un appartement, rue Monclova, dans le quartier de Roma Sur, avec trois mannequins, un garçon et deux filles. »

Ce soudain retour aux sources ne me procure pas spécialement d'enthousiasme. Juste un soulagement provisoire. Les dés sont jetés une nouvelle fois. Les cartes redistribuées. Pour quel résultat ? On verra... Quoi qu'il arrive, cette réorientation improvisée vers un job de mannequin me donne du temps pour réfléchir à un nouveau projet.

La sérénité revenue adoucit mon regard sur le Panama en cette veille de départ. Je m'offre donc une journée sur la plage de Boca del Drago, havre de paix où fleurissent, sous l'eau translucide, des centaines d'étoiles de mer de couleur orangée.

Une vision de rêve dans une nature d'apparence préservée. D'apparence seulement, car au Panama comme ailleurs, le regard tombe immanquablement sur des traces inopportunes dues à la présence humaine. Ce fléau a nourri un projet fou que bâtit, à quelques kilomètres de là, un entrepreneur écologiste d'origine canadienne. Depuis 2012, entouré de bénévoles, il s'est attaqué au nettoyage de ces plages paradisiaques. Ensemble, ils ont ramassé plus d'un million de bouteilles en plastique jetées n'importe où sauf dans une poubelle. Et puis, l'an passé, en 2015, ce visionnaire qu'est Robert Bezeau a commencé la construction de ce qui deviendra un village réalisé en matériaux recyclés, afin de concevoir un lieu de vie dédié au respect de la nature. Son nom : *Plastic Bottle Village*. Au moment de mon court séjour sur l'île, une seule maison à deux étages a été construite au cœur d'une petite jungle vierge. La charpente en acier est composée de structures de forme rectangulaire à l'intérieur desquelles sont incorporées des dizaines de milliers de bouteilles en PET utilisées comme isolant.

À ce moment de mon existence, je ne sais pas pourquoi, mais rebâtir un projet neuf en utilisant des déchets à recycler, ça me parle…

*
* *

Papara-pa-pa-pa-pahhhhh,
Papara-pa-pa-pa-pahhhhh,
Don't You Worry, Don't You Worry Child...

Sur l'autoroute fédérale 150D reliant Mexico à Veracruz, en ce mois d'avril 2017, la techno hypnotique me remplit les oreilles depuis une heure et demie alors qu'on vient seulement de quitter la toile d'araignée qu'est la zone urbaine ceinturant la capitale. Au volant de la Jeep Grand Cherokee que j'ai achetée spécialement pour ce périple, Luca accompagne de petits mouvements de nuque les divers morceaux qu'il a collés les uns après les autres au cœur d'une *playlist* téléchargée sur sa clé USB.

Pèy-Pèy-Pèy-Pèy-Pèy-pèy,
Pèy-Pèy-Pèy-Pèy-Pèy-pèy,
Call Me a Space Man, Call Me a Space Man,
Man, Man, Man, Man...

On est partis tôt ce matin et, malgré cela, la circulation est dense comme si elle ne connaissait pas de répit, à tout instant du jour et de la nuit. Notre destination finale, Playa del Carmen, se situe à 1600 kiloomètres ; nous l'atteindrons demain en fin d'après-midi.

Ti-Ti-Ni-Ti-Ti-Ni-Ti
And Tan-Tanan-Tan-Tanan-Tanan-Tan
We've come a long way since that day
And we will never look back, at the faded silhouette

Après le béton, la forêt. Le contraste est saisissant lorsque, à la sortie de Mexico, la route sillonne le parc national Iztaccíhuatl-Popocatépetl, du nom des deux volcans de plus de 5000 mètres d'altitude y régnant depuis la nuit des temps. Accompagnés par la *house* entêtante d'Avicii, on se croirait soudain intégrés à un méga clip vidéo.

On se relaie évidemment pour conduire, ce qui laisse à chacun le temps de se reposer. Lorsque c'est mon tour d'être assis sur le siège passager, je laisse voguer mes pensées, qui s'évaporent aussitôt, comme soufflées par le petit vent tiède s'infiltrant par le fin interstice en haut de la fenêtre…

Beaucoup de choses se sont déroulées depuis mon installation dans l'appartement de Luca, il y a huit mois. Suite à la sévère déconvenue au Panama, je n'ai pas abandonné l'idée d'exploiter un hôtel-boutique et me suis rendu dans ce but à Playa del Carmen où Fabrizio, ami de longue date, possède une agence immobilière avec sa compagne Monica. Pour la petite histoire, je suis le parrain de leur fils.

Fabrizio, je l'ai connu en tant que « collègue mannequin ». En 2010, nous étions tous les deux au club Vita by Bâoli à Miami le soir où j'ai rencontré Claudia. Durant toutes ces années, par intermittence et selon l'expression consacrée, on a fait les quatre cents coups ensemble. Ou plutôt les 399 coups, car le 400e n'est, de loin, pas du même acabit que les autres… En effet, durant l'arnaque mise en place entre 2010 et 2015, Fabrizio était l'un des amis pour qui j'avais créé un faux profil d'émissaire et à qui je versais une partie d'un salaire frauduleux. Sans connaître tous les détails de l'opération, il a donc bénéficié de cet argent (qui l'a aidé dans le règlement d'une éprouvante affaire personnelle).

Lui ayant expliqué le motif de ma venue, Fabrizio avait effectué des recherches avec Monica et les parents de celle-ci, qui tenaient un *Bed & Breakfast* dans un complexe sécurisé en bord de mer. Au bout de quelque temps, ils m'avaient conseillé de louer un appartement en plein centre de la fameuse station balnéaire de la péninsule du Yucatán ; ce bien comportait quatre chambres climatisées et une piscine sur le toit. Je lui donnai le nom de *Blu Vibe Oasis* et commandai quelques travaux d'aménagement en vue de son exploitation.

Voilà la raison du grand voyage d'aujourd'hui : je déménage et m'apprête à recevoir les premiers clients dans quelques jours. Cela tombe d'autant mieux que les boulots de mannequinat se sont raréfiés. Pas grand-chose à se mettre sous la dent ces derniers mois. Idem pour Luca qui m'accompagne dans le but de trouver du travail.

La techno a fini par nous saouler. On a laissé les radios locales composer un programme de musiques traditionnelles du Mexique.

Alors que Luca se dope aux boissons énergisantes afin de tenir le coup, le jour s'éteint peu à peu, laissant un voile mauve sur un ciel tacheté de cumulus. Et puis la nuit s'installe. Nous roulons toujours avec la volonté d'atteindre symboliquement les mille kilomètres au compteur. Nous franchissons le pont routier de Zacatal, reliant la péninsule d'Atasta et Isla del Carmen, entrons dans Ciudad del Carmen, suivons la route contournant son «aéroport de poche» et nous arrêtons sur le bas-côté de la route au moment précis où le chiffre 1000 succède à 999. Dehors, il fait nuit noire et l'endroit où nous faisons halte n'est pas éclairé.

La fatigue qui nous assomme annihile un questionnement pourtant pertinent sur le danger de dormir dans la voiture, alors qu'on s'est arrêtés au milieu de nulle part.

J'ignore si j'ai rêvé cette nuit-là. J'ignore même si j'ai dormi. Cela devait plutôt s'apparenter à un état de perte de conscience au moment où la mort vous prend ! Le rien total. La dernière image fut celle de Luca abaissant le siège du conducteur pour s'allonger, pendant que je m'installe sur la banquette arrière.

Et puis le noir profond.

La «résurrection» intervient le lendemain vers 7h30, grâce à la délicate lumière du jour. Première constatation : je transpire de partout. Normal, avec une nuit tropicale à 26 degrés dans une vieille Jeep d'occasion, pleine à ras bord de bagages, climatisation éteinte, impossible de ne pas avoir la peau qui colle aux sièges en cuir ! Un premier regret surgit alors, celui de ne pas avoir acheté un SUV avec douche comprise…

En choisissant de m'étirer et de me débarrasser de nombreuses courbatures, je me redresse et remarque que l'on s'est garés à trente pas de l'océan, en bordure d'un terrain vague entouré de végétation, avec les incontournables palmiers. Sur cette terre sans monts, le royaume céleste est colossal ; l'horizon se déploie, rectiligne, sur une étendue sans fin, scindant au cordeau ciel turquoise et mer émeraude. Nous stationnons sur l'île de Carmen, plus longue que large, et devant la baie de Campeche, s'ouvrant sur l'immense golfe du Mexique, où se marient les eaux de l'Atlantique et de la mer des Caraïbes. Ébahi par la majesté du panorama, je souris comme un gamin devant son cadeau de Noël.

Luca dort encore. Je sors de la voiture, allume une clope et traverse la chaussée pour me poser sur le sable, les orteils mouillés par les vagues. Au large, sur sa barque bleue, un pêcheur s'active, lançant ses filets. « Cet instant d'équilibre, Lionel, retiens-le bien. Ces secondes, ces minutes durant lesquelles tu es en phase avec toi-même, goûte-les, déguste-les, délecte-toi de ce bonheur qui t'est offert… »

De façon impromptue, mon destin s'immisce dans mon esprit : « Profite de ce moment, tu l'as mérité ; arrête de t'en vouloir perpétuellement, ne crains pas l'avenir. Tu auras encore le droit de crier, de danser, de chanter… Tu auras encore le droit de vivre heureux. »

Si le destin n'indique pas quand jaillira cette plénitude, je comprends assez vite qu'elle ne surviendra pas au *Blu Vibe Oasis*. Mon *Bed & Breakfast*, ouvert au dernier étage d'un immeuble, ne vivra en tout et pour tout que cinq mois et demi. Après quoi je devrai fermer boutique, à la suite des plaintes répétées des locataires des trois étages inférieurs.

Durant ces cinq mois et demi, ma recherche de « vie normale » en tant qu'hôtelier ne sera pas de tout repos. Je bosserai sept jours sur sept dès 6 heures du matin pour préparer le petit-déjeuner, avec divers soucis logistiques à régler en urgence : problèmes de plomberie ; l'installation d'air conditionné faisant sauter les plombs de l'immeuble à chaque orage ; la dame responsable du ménage déterminera ses horaires à sa guise en fonction de son emploi du temps personnel ; sa fille qui viendra parfois l'aider et en profitera pour voler des bijoux dans les chambres, bijoux dont elle se parera sur des *selfies* postés – c'est pas malin – sur son compte Instagram…

Il y aura aussi ce couple italien, qui décidera de manière unilatérale de pratiquer le nudisme aux abords de la piscine de l'hôtel. Personne n'osera leur faire de remarque… Et puis, quasi tout au long de cet unique semestre d'exploitation, une septuagénaire étasunienne, Rita, élira domicile dans une chambre sous le prétexte de dénicher un appartement à Playa del Carmen, afin d'y passer ses vieux jours. Vraisemblablement mythomane, elle ne visitera aucune habitation et consacrera l'essentiel de son temps à raconter sa vie, alpaguant toute personne sur son chemin pour l'abreuver de récits rocambolesques. Dans cette quête constante de souffre-douleur, son bichon havanais, aboyeur patenté, fera manifestement office d'appât.

Cela dit, Rita me rendra pas mal de services. Elle sera présente le tout dernier jour, un peu comme une maman de substitution désirant atténuer mon vague à l'âme. Durant ces instants matinaux consacrés à déménager quelques dernières affaires et à procéder aux ultimes nettoyages, sa présence amicale me réconfortera. On boira un café sur la terrasse, devant ce point de vue idyllique sur la cité maîtresse de la Riviera Maya. Plus tard, quand j'irai consulter mes e-mails avant de débrancher l'ordinateur, c'est elle qui prononcera ces mots :

– Lionel, que se passe-t-il ? Tu es blanc comme un linge…

Aucun mot ne sortira de ma bouche. Toute mon attention sera focalisée sur la lecture d'un court message de mon père.

« Salut Lionel, voilà, nous venons de rentrer de vacances aujourd'hui. Ce fut comme d'habitude un bon moment. Tu penses rentrer en Suisse prochainement ? Ci-joint, je te fais parvenir la copie d'un courrier pas très plaisant pour toi (procédure pénale). J'espère que tu n'as pas fait une trop grosse connerie. Bisous. »

*
* *

Courrier en pièce jointe, daté du 5 octobre 2017, en provenance de ma banque :

Monsieur,

Nous portons à votre connaissance que Monsieur le Procureur auprès du Ministère public central de Renens, nous a notifié une ordonnance de séquestre du 4 octobre 2017, dans le cadre de la procédure pénale citée sous rubrique. Par cette ordonnance, Monsieur le Procureur a requis le blocage de vos comptes conduits en nos livres sous la relation bancaire susmentionnée. Par conséquent, nous avons été dans l'obligation de procéder au blocage de vos comptes.

Pour tous renseignements concernant la procédure en cours, nous vous prions de bien vouloir vous adresser directement au Ministère public central, Division criminalité économique, dont voici le numéro de téléphone direct.

Nous vous prions de prendre bonne note des lignes qui précèdent et vous prions d'agréer, Monsieur, nos salutations distinguées.

Sur l'instant, même si je savais qu'il me parviendrait un jour, ce courrier produit tout son effet pour ce qui est des sueurs froides.

Inventant un prétexte, je prends congé de Rita. Il me faut réfléchir avec calme. Deux ans après avoir quitté la multinationale qui m'a employé, celle-ci a mis à jour mes actes délictueux. Conséquence immédiate : un semblant de paranoïa émerge de mon état léthargique et retrouve de la vigueur pour ombrager ma vie. Je prends la décision d'éteindre mon téléphone portable, afin qu'on ne puisse pas le localiser. J'active un autre appareil avec carte prépayée : cela signifie que je coupe les ponts avec ma famille et mes amis. De toute façon, un sentiment de honte se développe peu à peu, qui réfrène mon envie de leur parler maintenant. Et puis, je suis sans doute déjà sur écoute. Tenter de les joindre est un impair à ne pas commettre.

Le coup de poing initial à la lecture du courrier s'est mué en un « coup de poing liquide », dans le sens où la sensation de stress se propage. Je me résous à parler de tout ça à quelqu'un, en l'occurrence Fabrizio. Il me suggère d'abandonner au plus vite mon appartement (histoire d'économiser le loyer à payer, étant donné que mes comptes sont bloqués) et m'invite à venir s'installer chez lui et Monica. On se donne rendez-vous pour manger ce soir.

Vers 15 heures, je prends la voiture jusqu'au Plaza Las Americas, l'un des centres commerciaux les plus grands de la cité, situé dans la proche banlieue de Playa del Carmen. J'ai besoin de me changer les idées. Voir un film. Ou plutôt non, jouer dans le petit casino intégré à ce bloc gigantesque couvrant un large périmètre. Et si je marchais simplement, sans but, dans les allées, pour réfléchir ?

Je déambule donc, mais sans le calme associé à l'action de déambuler. Il faudra bien que je parle à ma sœur. Surtout ne pas utiliser mon portable. Il doit y avoir un coin où trouver une cabine téléphonique. Comment je vais lui dire tout ça ?

Les téléphones sont alignés à la sortie du supermarché. J'en choisis un. En cette mi-journée du vendredi 13 octobre 2017, le brouhaha causé par les caisses enregistreuses, comptabilisant les achats d'une foule déjà dense, disparaît miraculeusement alors que mon tympan se focalise sur les lointaines sonneries accrochées entre elles par des silences où l'espérance fait son nid. Soudain ma sœur décroche.

– Allô ? C'est toi Lionel ? J'ai essayé de te joindre sans succès. Que se passe-t-il ? Tu as bloqué ton portable ?
– … Écoute, il faut que je te dise une chose importante… J'ai fait une grosse connerie… J'ai volé un monstre paquet de fric à mon ancien employeur…

S'ensuit une longue explication du quoi, qui, où, quand, pourquoi, comment et combien. Elle garde le silence ; puis, d'une voix douce et pondérée, elle m'assure de son soutien total. « Quoi qu'il arrive ou quoi que tu fasses, je serai à tes côtés. »

C'est tout con une phrase dite dans le combiné d'un téléphone. Ce ne sont que quelques mots agencés qui – à la différence des écrits – s'envolent. Et pourtant ces mots-là m'ont apporté suffisamment de force pour naviguer dans ces eaux tumultueuses et progressivement redresser la barre.

*
* *

Deux jours plus tard, dans le même centre commercial, je m'apprête à contacter le Ministère public en appelant le numéro inscrit sur la missive de ma banque. Je me suis convaincu de trafiquer ma voix, afin de me donner une maigre chance de prétendre ensuite que je n'ai pas tenu les éventuels propos retenus contre moi lors de cette conversation. Procédé puéril, je le reconnais, et qui ne tiendra d'ailleurs pas très longtemps, l'accent se modifiant jusqu'à se dissiper quasiment peu avant de raccrocher.

– Ministère public du Canton de Vaud.

Je m'annonce et demande à parler au procureur.

– Un instant, s'il vous plaît.

L'attente musicale est rythmée par les crachotements de la communication. Après une minute, j'entends :

– Encore un instant, merci.

Et c'est reparti pour la musique. Les secondes s'empilent et deviennent des minutes.

– Euh... Pardon pour cette attente... Veuillez rester en ligne, s'il vous plaît.

Et la musique revient. Dans ces dernières paroles, j'ai perçu comme un soupçon de confusion. Peut-être sont-ils en train de pister mon appel ? Qu'est-ce que je fais, je raccroche ? J'ai l'impression d'être dans un film. Le cas échéant, comment agirait le personnage pris au piège ?

– Monsieur Clerc ? Ici le procureur en charge de votre affaire.

La voix est froide, menaçante. La conversation sera relativement courte. Mes réponses sont laconiques, non pas parce que je les construis de manière à les rendre concises, mais parce que je fais attention à ne pas dire quelque chose qui me confonde et me désavantage dans la procédure à venir. De l'autre côté, la voix se fait plus offensive.

– Ne faites pas le malin, Monsieur Clerc. On sait où vous êtes. Ne croyez pas que vous soyez à l'abri. On utilisera tous les moyens à notre disposition – et ils sont nombreux – pour vous retrouver. Je vous recommande désormais de collaborer avec la justice et de répondre sans délai à la convocation que je vais vous faire parvenir dans le but de vous entendre.

– Je prendrai un avocat qui vous rappellera dans ce sens.

Des salutations polies terminent notre échange.

En quelque sorte, je crois que cet appel était nécessaire pour me «reconnecter au monde». Cet atterrissage graduel trouvera son épilogue au moment d'aller dormir. Entretemps, j'ai approché un avocat qui m'a indiqué la marche à suivre pour cette future audition, comportant obligatoirement une demande de sauf-conduit, dans le but de séjourner quatre jours en Suisse sans être arrêté.

La nuit qui vient s'avère moins agitée. Une nouvelle étape débute, encore indistincte certes, mais cet équilibre précaire vaut toujours mieux que pas d'équilibre du tout.

Je dors chez Fabrizio et Monica, dans un minuscule appartement de 50 m^2 avec un non moins minuscule ventilateur gris clair, seul dispositif pour atténuer la chaleur suffocante. Étant donné qu'ils n'ont pas d'autre lit que le leur, ils m'ont confectionné une couche au moyen de serviettes de bain, à même le sol.

À quelques centimètres, le regard rivé sur moi, demeure «Chiquito», un gros dogue allemand à poil court. Il doit se demander de quelle race je suis pour roupiller sur le parquet tout comme lui. De ses babines pendantes, la bave dégouline et ses coups de langue réguliers propulsent sa salive par gouttelettes dans un périmètre incluant mon visage. Du moment que ça me rafraîchit, je ne songe pas à me déplacer…

Au cœur de mes pensées surgit une évidence: il n'y a pas de meilleur tableau pour expliciter le concept de «tomber bien bas».

Mais je me console aussitôt en reprenant à mon compte cette sagesse populaire: «Rassure-toi: à ce niveau-là, tu ne peux pas tomber plus bas.»

Devant le procureur

De retour de Playa del Carmen, je suis convoqué le 6 décembre 2017 pour une première audition – seul – qui s'étire sur onze heures et demie. À cette occasion, je dis tout, jouant cartes sur table, n'évitant aucune question et répondant dans le détail, point par point. Après quoi, au bénéfice de mon sauf-conduit, je repars pour le Mexique et je séjourne chez mon ami Luca dans son appartement de la rue Monclova à Mexico.

Lors de cette première audition, le procureur, spécialisé dans la criminalité économique, relève ma volonté de collaborer à l'enquête. J'exprime alors mon intention de rembourser dans la mesure de mes possibilités l'exact montant volé, à savoir 1 765 987 francs suisses, abstraction faite de l'argent déjà récupéré auprès des quatre personnes impliquées dans cette affaire. Autant dire que cette punition m'encombrera inévitablement jusqu'à la fin de mes jours, sans savoir à ce stade si mes héritiers en subiront toujours les conséquences, par exemple en étant contraints de refuser conjointement l'héritage pour éviter de devoir payer le solde de la dette. Pour moi qui ai toujours le rêve (pour ne pas dire le projet) de fonder une famille, quelle exaltante perspective…

Et puis, en toute fin d'audition, ces quelques mots de manière à répondre à la question: *Avez-vous quelque chose à ajouter?* «Non, si ce n'est que j'aimerais présenter mes excuses à l'entreprise qui m'a engagé et que j'ai escroquée.»

Ce profil bas, je l'assume. Quelle autre option ai-je à disposition? Fuir? Me terrer dans un recoin de la planète en vivant dans l'angoisse d'être appréhendé? Effacer la première partie de mon existence au profit d'une nouvelle en tant que déraciné perpétuel?

«Ta vie, elle est foutue», a résumé mon père, un soir avant de passer à table. Cette sentence définitive est à l'opposé de mon appréciation de la situation. Oui, j'ai choisi d'affronter mon destin de criminel – car c'est ce que je suis – pour que jamais il ne prenne le dessus sur le destin de l'homme – car c'est ce que je suis avant toute autre considération. Sans équivoque, à la vie singulière et tourmentée du fugitif, je préfère ma vie plurielle au milieu de ma famille, de mes occupations et des gens que j'aime.

*
* *

Lundi 22 janvier 2018, j'ai retrouvé Claudia, quarante mois après notre rupture lors d'une audience de confrontation au Ministère public central, à Renens. La séance débute à 9h20 dans ce bâtiment entièrement rénové – qui fut en son temps l'ancien laboratoire Kodak – et se termine dix heures et demie après, à 19h50.

Au milieu de cet univers de béton et de parois en verre, après avoir traversé un hall épuré de tout mobilier, je suis arrivé en salle d'attente avant tout le monde, en compagnie de mon avocat qui fait les cent pas tout en reprenant chaque point crucial abordé durant la journée. Je subis encore les conséquences du décalage horaire après un voyage de quinze heures entre Mexico et Genève, qui m'a vu atterrir hier soir en Suisse.

Dehors, une météo marquée par de grosses intempéries. Dedans aussi, devrais-je dire. Je parle bien sûr de ce qui se passe à l'intérieur de ma tête. Dans cette salle d'attente, je l'ignore encore, mais ce choix de faire amende honorable divergera du tout au tout avec la position que Claudia va prendre lors de la confrontation.

Depuis son départ, j'ai coupé les ponts avec elle. Chose d'autant plus simple que je n'ai aucun numéro de téléphone où la joindre. J'imagine qu'elle a continué à vivre aux crochets d'hommes qu'elle a rencontrés ; en tout cas, lorsqu'on s'est fréquentés, je ne lui ai connu aucune véritable activité professionnelle. Elle passait son temps à voyager ; elle possédait un abonnement pour des soins divers dans un grand palace de la Riviera vaudoise ; elle consacrait pas mal d'heures au shopping ; elle téléphonait à des amis aux quatre coins du monde. Parfois elle restait aussi sans rien faire dans l'appartement. Elle se déplaçait de temps à autre au volant de la Range Rover que je possédais. Elle disposait d'une sorte de permis de conduire européen que je présumais faux. Cependant, pour infirmer ma théorie, je reconnais que mon ex-compagne a été contrôlée plusieurs fois par la police sans que cette dernière ne mette en doute la validité de son bleu.

Il est 9h15 en ce 22 janvier 2018 et la voilà qui franchit le pas de la porte, en compagnie de son avocat. Escortée par un policier, elle tient dans sa main un sac en plastique contenant ses affaires. Faisant l'objet d'un mandat d'arrêt international, elle a été interpellée il y a une huitaine de jours en Uruguay, extradée en Suisse, entendue lundi dernier par le procureur et détenue depuis à la prison de Lonay (VD), le temps que je revienne du Mexique pour la confrontation.

Claudia porte un bas de survêtement foncé, un haut style débardeur de couleur bleue et une sorte de laine lui couvrant les épaules. Elle apparaît marquée, fatiguée, sans maquillage ; son visage a subi plusieurs nouvelles chirurgies esthétiques. Trop de chirurgies. L'éclat de son charme d'antan s'en est immanquablement altéré. Pour être loyal, je reconnais toutefois que le stress de la semaine qu'elle vient de passer derrière les barreaux n'arrange rien. Dans ses baskets noires à semelles compensées de la marque Isabel Marant, elle se montre anxieuse. On ne s'est pas salués. Nos regards s'évitent aussitôt qu'ils se croisent.

Les huit personnes en salle d'attente – représentant les prévenus et les plaignants – sont invitées à rejoindre la salle d'audience où nous attendent le procureur et la greffière, « trônant » derrière un long et impressionnant pupitre surélevé. Claudia a du mal à se contenir, elle semble déconnectée par rapport à la gravité du contexte ; elle porte sans cesse ses mains à son visage, l'air de dire : « Qu'est-ce que je fais ici ? Qu'est-ce qui m'arrive ? » Je remarque qu'elle n'a pas changé. Lorsqu'elle est mal à l'aise, elle se réfugie aussitôt dans un jeu de rôle.

Chacun s'installe, mon avocat et moi sur la première table à gauche face au procureur, Claudia et son avocat sur la table à notre droite. Les deux magistrats étant assis du côté extérieur, nous nous retrouvons positionnés quasi côte à côte. Pourtant, ces 150 centimètres de séparation constituent une frontière glaciale durant la dizaine d'heures que nous passerons ensemble. C'est bien simple : le seul et unique contact durera une fraction de seconde au moment de la pause de midi. En sortant de la pièce, mon ex-compagne demande autour d'elle si quelqu'un a une cigarette. Comme personne ne fume sauf moi, je lui tends deux clopes. Aucun mot échangé. Aucun regard. Que des cendres.

Derrière nous, les avocats de la partie plaignante, en compagnie du directeur général de la société qui m'employait. Tout à l'heure, ce dernier m'a salué d'un léger sourire, un signe amical, probablement en signe de compassion. En revanche, je doute que les représentants de mon ancienne boîte fassent preuve du même état d'esprit...

Le procureur ouvre le feu. Le moins que l'on puisse dire est qu'il en impose. Par sa connaissance parfaite du dossier d'une part ; il mène la séance avec assurance, composant des phrases sans jamais chercher ses mots. Il déroule son argumentaire avec précision et sait nous amener vers les réponses qu'il estime devoir entendre. D'autre part, il impressionne par sa présence physique. Bodybuildé, chemise blanche XS, il a sa bouteille isotherme à portée de main avec peut-être, à l'intérieur, une boisson protéinée pour développer la masse musculaire.

D'emblée, l'homme de loi constate des différences entre ma version et celle de Claudia. En gros, la dernière nommée confirme ses déclarations lors de sa première audition : elle soutient de façon stoïque qu'elle n'était au courant de rien à propos de la fraude, tout en se balançant en avant et en arrière sur sa chaise, feignant une forme de nonchalance. Je suis estomaqué par sa ligne de défense basée sur une grossière contre-vérité. A priori, elle tente un coup de poker. Hélas, sa tentative de bluff fait long feu.

En effet, à la surprise générale, mon conseil produit spontanément une nouvelle pièce au dossier, à savoir la retranscription *in extenso* des « conversations WhatsApp » échangées entre Claudia et moi du 17 mars au 23 juillet 2013, conversations qui ne laissent aucun doute sur le fait que nous étions tous deux parfaitement au courant des détournements effectués au détriment de mon employeur, et qui indiquent notre décision de partager l'argent moitié-moitié.

Je sens comme un vent de panique à la table d'à côté. Une suspension de séance est décidée de manière à permettre aux autres parties de prendre connaissance de ces pièces.

Au retour, Claudia tente une parade pour expliquer son mensonge, mais celle-ci ne convainc pas le procureur. Elle semble chercher une porte de sortie face à son avocat qui lui renvoie un regard teinté d'incompréhension. Des larmes coulent, prélude à une seconde suspension d'une dizaine de minutes. Après quoi, elle manifeste des excuses pour ses affabulations et se voit obligée de démentir certaines de ses affirmations antérieures.

Au fond de moi, je ressens un soulagement : le chapeau qu'elle essayait de me faire porter est bien trop grand pour ma seule tête. Toutefois, aucun triomphalisme. Il y a quelque chose de pathétique dans ce personnage, comme échappé d'une sitcom. « Lionel, pardonne-moi de t'interroger sur un sujet qui ne me regarde pas, mais comment as-tu fait pour être en couple avec quelqu'un comme elle ? », me lance mon ancien directeur à la pause déjeuner. Je ne me rappelle plus ce que je lui ai répondu ; il n'en demeure pas moins que d'autres personnes, au sein de mon cercle familial et amical, m'avaient posé la même question.

Sait-on jamais pourquoi on aime ? Non, on aime, point barre. Et les différences nombreuses existant entre deux personnes représentent plutôt un *booster* dynamisant une relation sentimentale. Si la locution « Qui se ressemble s'assemble » se révèle appropriée dans le domaine des affaires, elle est moins pertinente, à mes yeux, lorsqu'il s'agit du cœur. Par ailleurs, en ce jour d'audition, celui qui fut mon patron observait celle qui fut ma compagne sous un aspect beaucoup moins étincelant. J'ai aimé Claudia pour de multiples raisons. Son charisme, son côté déjanté, sa drôlerie, ses petits délires qui faisaient naître des moments joyeux, son charme fou…

Un jour, un ami m'a dit : « Entre l'enfer et le paradis, j'opterai toujours pour le premier des deux : on s'y fait moins chier ! » Formule triviale certes, mais qui symbolise bien ce qui me plaisait chez la femme de ma vie d'alors. Vivre dangereusement, stimuler son propre côté obscur, croquer de temps en temps dans la pomme du péché, vivre dans un semblant de luxure, et prouver à la personne que l'on aime qu'on est « cap », comme disent les gamins, de relever les défis les plus dingues, c'est toujours vivre. Intensément vivre. Le problème de Claudia est qu'elle ne parvenait pas à s'assagir, à s'extraire de ce piège matérialiste. Au fil de notre relation, j'ai espéré une prise de conscience de sa part, j'ai souhaité ardemment qu'elle se rende compte que cette voie périlleuse nous conduisait à une impasse. En vain.

L'audience se poursuit. Lecture est donnée de ce message que je lui avais écrit en mai 2013, au milieu de cette arnaque qui a duré cinq ans : « Ça ne me rassure pas quand je te dis que je vais tout arrêter à la fin de ce mois et que tu le prends mal... Je sais, et c'est triste, on ne pourra pas vivre les deux normalement sans tout ce luxe. Tu ne veux pas ça, toi, je le sais. C'est sérieux là, tu dois être honnête avec toi-même et me montrer si oui ou non tu es prête à suivre ma route. Car, selon moi, elle ne va pas dans le sens que tu veux. »

En réentendant ces mots, je constate la faiblesse dont j'ai fait preuve. Au printemps 2013, j'avais toutes les clés en main pour stopper cette spirale infernale et pourtant j'ai laissé voguer la galère. Par lâcheté ? Non, je ne crois pas. Paresse ? Non plus. Choix permanent de la facilité en cas de difficulté ? Pas davantage. Je penche plutôt pour une espèce de passivité... qui n'équivaut nullement à de l'inactivité, au contraire : outre une protection, cette forme de passivité est, à mes yeux, une *activité provisoirement en stand-by ;* un « reculer pour mieux sauter ».

Se résoudre à prolonger une conjoncture problématique en évitant toute décision péremptoire vous fait, en principe, gagner du temps. C'est déjà ça. Et puis cette forme de passivité prend en compte qu'une solution évidente de prime abord n'est pas forcément la meilleure. En tout état de cause, c'était mon mode de fonctionnement. Laisser parfois les commandes au destin et suivre la direction qu'il a l'air de nous indiquer, c'est un peu comme une dégustation à l'aveugle : dans l'absolu, on peut tomber sur un nectar ou sur une piquette, mais majoritairement le vin s'avère plus ou moins goûteux. Et, par la suite, quelle que soit notre appréciation personnelle, comme le veut l'adage : quand le vin est tiré…

À quoi ça sert de se morfondre sur des éléments qu'il vous est impossible de contrôler ? Dans cette confrontation qui s'éternise, Claudia s'embourbe dans ses affabulations au grand dam du procureur, manifestement exaspéré de devoir sans cesse la rappeler à l'ordre. Quant à moi, je suis résolu à ne rien cacher, à dire toute la vérité. Cela a pour effet d'émousser quelque peu les attaques à mon encontre des avocats de la partie plaignante. Au nombre de deux, cet homme et cette femme auraient pu jouer dans une série télé, tant ils sont emblématiques de l'image que l'on se fait des membres du barreau. Lui, avocat genevois de renom, hautain, cheveux gominés, costard cravate impeccable, une Audemars Piguet classique au poignet devant valoir plusieurs dizaines de milliers de francs. Elle, spécialiste en criminalité économique, un curriculum vitae tout aussi prestigieux que son collègue, la quarantaine, blonde, taille mannequin, bas noirs et talons aiguilles. Devant eux, six classeurs fédéraux et une pile de documents prêts à être dégainés. Ils doivent en savoir davantage que moi sur ma vie entre 2010 et 2015 !

Depuis la première audition, ils tirent le portrait d'un voyou qui se complaît dans le *bling-bling*, un mec qui est un vrai désastre, un type malhonnête, calculateur et outrecuidant, qu'il s'agit de punir lourdement, ceci dans le but évident de créer un précédent : s'attaquer à l'une des plus grandes multinationales sur cette planète constitue un crime de lèse-majesté, peu importe le montant dérobé. Je crois même percevoir une pointe d'amusement chez le magistrat gominé lorsque celui-ci constate que le reste de ma vie ne sera pas suffisant pour rembourser mon ancienne entreprise jusqu'au dernier centime.

Ils sont dans leur rôle, dépeignant en noir une réalité dont les nuances sont localisées davantage *entre gris clair et gris foncé*, pour reprendre le titre d'une chanson de Jean-Jacques Goldman.

« Avez-vous quelque chose à ajouter ? », lance enfin le procureur en début de soirée, signe que cette longue séance touche à sa fin. « Non », répondons-nous l'un après l'autre.

Dehors, la nuit est tombée depuis deux heures ; sur les vitres, de grosses gouttes de pluie dessinent d'éphémères ruisselets qui s'entrecroisent.

Dès lors qu'elle se voit remettre son passeport, la clé de son appartement, ainsi que ses deux téléphones portables, Claudia quitte prestement la salle du Ministère public central. Je ne la reverrai plus jusqu'au procès.

Mon avocat se dit satisfait ; d'après lui, au train où vont les choses, il existe de sérieuses chances pour éviter la prison ferme. Je n'en tire pas franchement de soulagement, juste un apaisement par rapport au fait que l'affaire à juger correspondra intégralement aux faits avérés et non à la réalité tronquée, élaborée par mon ex-compagne dans une tentative désespérée de s'extirper d'un bourbier où l'on est englués tous les deux.

Curieusement, je vois le procureur s'approcher avec une mine bienveillante. On échange quelques mots sur cette longue journée et soudain il me lance : « Je voudrais vous demander un truc. C'était bien vous qui m'avez téléphoné du Mexique en octobre dernier ? Parce que la personne au bout du fil avait une drôle de voix, avec une sorte d'accent du Maghreb... »

Le sourire sur mon visage a valeur de confirmation. Et l'homme de loi d'ajouter: «Alors, je tiens à vous apprendre que, dans toute ma carrière, vous êtes le seul prévenu qui ait cherché à me joindre directement au bureau après l'ouverture d'une procédure pénale contre lui ! »

*

* *

Premier arrivé au tribunal, je suis le dernier à en sortir. Il pleut toujours des cordes et il fait froid. Allez, une dernière clope sous l'abri avant de rejoindre la voiture qu'on m'a prêtée et qui demeure la seule encore présente sur le parking. Je suis exténué, mais détendu. Dans deux jours, un avion me ramènera au Mexique où une nouvelle histoire d'amour est née.

C'est pour le moins bizarre, jugerez-vous, de bâtir une romance tout en ayant un boulet judiciaire au pied. Pas faux. Je répondrai, d'une part, que les sentiments vous prennent toujours au moment où l'on s'y attend le moins. Et, d'autre part, le pivot de la philosophie bouddhiste est concentré dans la formule « ici et maintenant». Par conséquent, comment voulez-vous goûter aux bonheurs de l'instant présent si vous vous questionnez sans relâche par rapport à l'avenir ? Il y a des instants fugaces, dans nos existences, où nous vivons la sensation profonde d'une harmonie entre notre esprit, notre cœur et l'univers qui nous entoure. Profitons-en. En montant dans la voiture, c'est ce type d'instant que j'expérimente. Et ce, malgré les circonstances désavantageuses embrumant mon futur.

Je mets le contact et la radio s'enclenche automatiquement. Comme le destin est malicieux, il me fait entendre « Mon fils, ma bataille», un tube de Daniel Balavoine dont je chante le refrain à tue-tête, avec le balayage des essuie-glaces pour marquer le rythme :

Les juges et les loiiiiiiiis, ça m'fait pas peur...

*
* *

En ce mercredi 24 janvier 2018, une quinzaine heures d'avion séparent mon grelottant pays d'origine de mon tropical pays d'adoption depuis deux ans, le Mexique.

La descente s'opère sur la tentaculaire Mexico City, mégalopole quatorze fois plus grande que Paris, 22 millions d'habitants, ville la plus peuplée des Amériques située à plus de 2200 mètres d'altitude... À chaque fois que je m'apprête à y atterrir, c'est comme si je la redécouvrais pour la première fois. Il n'existe aucune autre destination déclenchant cette sensation.

De jour, on survole une interminable jungle de béton ; de nuit, cela se transforme en une colossale toile d'araignée de lumières scintillantes. Lorsqu'on se pose sur l'aéroport Benito-Juárez, c'est au milieu des habitations.

Il est passé 23 heures et je m'engouffre dès que possible dans l'un des 100 000 taxis rose et blanc sillonnant cette spectaculaire fourmilière, définition parfaite du mot « cosmopolite ». Direction la résidence de ma compagne dans le district de Tetelpan, au sud-ouest du cœur de la cité.

Pourquoi je l'aime autant, cette *Ciudad de México* ? Parce qu'elle est insupportablement fascinante. Impossible de la décrire sans commencer par énumérer ses défauts : un enfer de Dante côté circulation, avec des bouchons même à 2 heures du matin ; une désorganisation généralisée, une sensation olfactive permanente pas vraiment agréable, une eau du robinet qu'il est déconseillé de boire sans la cuire au préalable ; un contraste indécent entre super richesse et super pauvreté...

Et pourtant, Mexico envoûte, Mexico hypnotise, Mexico excite. Cette ville est galvanisante, elle produit de multiples opportunités, possède d'innombrables contrastes, ainsi qu'un mélange appétissant de culture et d'histoire ; tout cela fait que je l'ai dans la peau. À cela s'ajoute un bonus de circonstance : Mexico a le pouvoir non négligeable de placer provisoirement entre parenthèses les déboires judiciaires qui m'assaillent.

C'est une nuit de chance : quarante minutes auront suffi pour atteindre notre destination depuis l'aéroport (au lieu de deux heures et demie en journée). De son poste, le gardien à l'entrée ouvre le portail grillagé, ainsi qu'une lourde porte automatique en acier noir, donnant accès à un vaste quartier résidentiel, ceinturé par un haut mur de sécurité sur la totalité de son pourtour. Le taxi emprunte l'unique route donnant accès à chacune des vingt demeures composant cet univers opulent ; il me dépose tout en bas avant de repartir.

Je gravis quelques marches, saisis une clé dissimulée sous un caillou et ouvre la porte d'entrée. Tout le monde dort. Avec mes bagages, je pénètre dans un immense living-room de 180 m^2 en tentant de faire le moins de bruit possible. Cette pièce stylée, alliant harmonieusement le blanc crème avec des tons gris, marron, beige ou ocre est uniquement éclairée en cet instant par le halo d'un cierge de grande taille, allumé à mon intention lorsque je suis parti en Suisse.

Ce geste me touche. À travers lui, ma compagne me signifie son soutien et entend aussi me « protéger des mauvaises ondes », selon ses termes.

Je me dirige vers l'escalier conduisant aux trois chambres à l'étage. Devant sa porte, un cadran sur lequel je compose un code pour déverrouiller l'entrée. Le bruit sec de la porte qui s'ouvre suffit à la réveiller. Tout doucement, je me déshabille et la rejoins sous les couvertures de son lit gigantesque. Je l'entoure de mes bras, on s'embrasse et elle se blottit contre moi :

« *¿Todo bien mi amor ?* »

Je lui chuchote un *oui* au creux de l'oreille et elle se rendort. Elle est belle. Le parfum suave de sa peau me galvanise, sans parler de son anatomie aux proportions harmonieuses. J'aime son charme naturel, il n'y a rien d'artificiel chez elle : bien dans son corps et dans sa tête sans le vouloir expressément, elle est hyper sexy.

De sa nuque, je retire quelques mèches de cheveux pour y déposer un baiser, en même temps que ma main enserre délicatement son poignet et un bracelet fait sur mesure, sur lequel il est écrit, avec de petits diamants, le mot espagnol : *soltar* (signifiant « lâcher prise »).

Dans mes bras sommeille la femme avec laquelle je partage ma vie depuis un mois. Tout simplement. Mais demain, aux yeux des gens que l'on croisera durant la journée, je redeviendrai le compagnon de Grettell Valdez, maman de Santino, sympathique garçon âgé de 9 ans, et surtout actrice historique de télénovelas depuis plus de deux décennies, très populaire auprès du public (et ceci dans les nombreux pays où sont diffusés les épisodes des séries auxquelles elle a participé) ; par ailleurs, *self made woman* qui possède sa propre ligne de produits de maquillage et de beauté. Et accessoirement, comme toutes les stars de son rang, la proie des paparazzi…

Grettell

Depuis le 23 décembre 2017, date de notre rencontre assez improbable, il s'est passé une année avant que – le 8 décembre 2018 –, tout de blanc vêtu, je prononce ces quelques mots devant la femme que j'ai demandée en mariage: «Grettell, je te promets de t'aimer et de prendre soin de toi, je serai toujours là pour toi et Santino.»

L'endroit est somptueux, situé au bord de la Lagune des Trois Pôles, dans l'État de Guerrero, pas loin d'Acapulco, sur la côte Pacifique. En bordure d'une propriété privée de 20 000 mètres carrés, où trônent des centaines de palmiers géants, se trouve une piscine circulaire de trente mètres de diamètre, au milieu de laquelle est positionné un îlot atteignable par une passerelle en bois. Sur cette plateforme embellie par de spectaculaires arrangements floraux, un autel a été disposé. La nombreuse assistance, quant à elle, est installée au bord du bassin.

En cette fin d'après-midi, au cœur de ce moment où nous échangeons nos vœux, se glisse un arrêt sur image; soudain, tout disparaît comme par enchantement, seule demeure la connexion de nos regards, de nos mains jointes et des mots dits. Dans ce fugace espace-temps, même au milieu de tout le monde, nous sommes enfin seuls. Et tu sais manifestement que la solitude représente un luxe que notre couple ne peut pas souvent s'offrir… Je te regarde alors que tu resplendis, vêtue de cette magnifique robe blanche en dentelle signée du créateur mexicain Benito Santos, tout en sachant déjà que ta vie trépidante de comédienne et de femme d'affaires ne tardera pas à reprendre sous les flashs de celles et ceux qui te suivent, voire te traquent, pour nourrir les pages ou les émissions des médias *people*. Ils ne sont pas très loin d'ailleurs, campant depuis le début de la journée devant le portail d'entrée du domaine, se planquant avec des téléobjectifs dans des bateaux, ou commandant des drones survolant la zone où notre union sera scellée.

C'est drôle, je ne peux m'empêcher de penser à ce jour de l'hiver dernier où je t'ai envoyé un message pour que l'on se rencontre. Tout est parti d'une confidence de Monica, une amie commune à Playa del Carmen, qui fut donc, sans le savoir, notre « marieuse ». Ensemble vous aviez évoqué ta vie sentimentale et ce célibat qui te pesait de plus en plus alors que tu naviguais depuis peu dans ta quarante et unième année. Ton divorce d'avec le comédien, chanteur et présentateur de télé argentin Patricio Borghetti, fut conclu en 2010, après six années d'une union célébrée à Miami, couronnée le 25 juillet 2008 par la naissance de votre fils, Santino.

Avec ton consentement et en considérant ma situation de désert sentimental à l'époque, Monica me transmit ton numéro de portable, en me recommandant de t'appeler lors d'un prochain séjour à Mexico. En temps normal, j'éprouve de la réticence face à ce type de *blind date*, trop aléatoire à mon goût. Pourtant, à la mi-décembre 2017, juste après ma première audition devant le procureur du Ministère public, en revoyant ton numéro, je décidai de t'envoyer un message avec proposition de rendez-vous pour le samedi 23 décembre. Pour tout te dire, je fus étonné que tu acceptes, car tu m'avais avoué a posteriori que tu détestais aussi ces rencontres arrangées. En tout cas, ton « oui » a allumé la première étincelle d'un désir qui s'est exacerbé lorsqu'on a passé ces premières heures ensemble…

Tu avais choisi le Tori Tori, excellent restaurant japonais au cœur de Polanco, le quartier chic de Mexico. En dehors du fait que ce lieu soit réputé pour sa cuisine et apprécié pour son architecture gracieuse et moderniste, il répondait surtout à ton exigence de discrétion, possédant un éclairage tamisé et des tables suffisamment éloignées les unes des autres, permettant de créer une plus grande intimité.

Ce soir-là, ton entrée est réussie. Tu fais sensation dans un look de James Bond girl, pantalon en cuir noir, pull noir, ongles peints en noir. Ta rock'n'roll attitude est maîtrisée, avec cette touche de glamour qui façonne ton succès dans les rôles de « méchantes » de télénovelas. Malgré mon niveau d'espagnol, encore moyen à cette époque, le contact s'établit sans peine. On ne met pas davantage de temps à se sentir à l'aise et ce sera le cas tout au long de la soirée, tant et si bien que l'on fait la fermeture du restaurant : à minuit, le personnel se voit dans l'obligation de nous prier gentiment de quitter les lieux…

Durant cette rencontre, tu ne parles pas beaucoup de ta carrière, mais plutôt de Santino avec lequel tu as tissé une chouette complicité. Votre solide relation mère-fils est basée sur une communication de tous les instants. Tu me parles aussi de toi et je suis touché de la confiance que tu accordes à un homme que tu ne connaissais pas jusqu'au moment où nous avons partagé sushis, gin et tequila !

J'apprécie ta personnalité, Grettell, parce que tu es authentique, drôle, dynamique, tu raffoles de la cuisine mexicaine et tu dégustes volontiers toutes sortes de bières de ton pays, de la Negra Modelo à la célèbre Corona, en passant par la Victoria ou la Montejo. En évoquant ce dernier détail, je veux souligner le fait que tu ne joues la comédie qu'entre les mots « Action » et « Coupez » ; dans ta vie sociale et médiatisée, tu n'es pas une personne différente que dans ta vie privée. Tu apprécies les mets et les boissons populaires, tu ne te réfugies pas dans une tour d'ivoire, tu es «cash» et c'est tout cela qui fait ton charme.

À la sortie du restaurant, on prend un taxi pour se rendre dans une fête au bas d'un squat qui sera prochainement détruit. Il y a foule en ces premières heures où l'on s'apprête à célébrer la Nativité. La *house* rythme les mouvements de danse et les conversations. Et, à un moment donné, tout naturellement, on oubliera cette joyeuse agitation pour s'embrasser.

La nuit sera courte, pas comme la gueule de bois que l'on traînera tous les deux au réveil ! Santino ne va pas tarder et vous allez partir ensemble fêter Noël à Acapulco. Je m'habille en vitesse, te salue prestement, appelle un Uber et, avant de quitter ta maison, on décide de garder le contact à travers WhatsApp et Facetime.

*

* *

«Moi, Grettell, je promets de prendre soin de toi, de t'aimer et d'essayer, dans les obstacles, d'être toujours positive et aimante», me déclares-tu, la voix empreinte d'émotion, sous le regard de Nuestra Señora de Guadalupe, patronne du Mexique représentée sur une gravure à côté de nous.

La vierge de Guadalupe – à laquelle tu es profondément dévouée – est aussi celle devant qui se signent les fameux plongeurs d'Acapulco avant de se lancer du haut de la non moins fameuse falaise de La Quebrada, située à une trentaine de kilomètres de l'endroit où nous nous unissons. Leur chute libre, d'une hauteur de trente-cinq mètres, durera trois secondes avant de pulvériser l'eau à une vitesse de 90 km/h. Si je pense à eux, c'est que je vois aussi dans un mariage une forme de «saut dans le vide». Car, finalement, même si elle est beaucoup moins dangereuse, l'aventure de couple dans laquelle nous plongeons implique aussi une confiance à toute épreuve.

Le rituel des quatre éléments de la cérémonie laïque que nous venons de vivre touche à sa fin, signe que le marié peut enfin embrasser la mariée, sous les applaudissements de l'assistance et devant un paysage idyllique de soleil couchant sur la lagune.

Vient ensuite le toast au champagne pour un « Salud », au milieu d'un impressionnant parterre d'invités où nos amis et familles se mêlent à un gratin d'artistes, d'hommes et de femmes politiques, de gens du monde des affaires, et même le fils d'un ancien président du Mexique. Puis, je t'invite, Grettell, pour la première danse, sous une pluie de feux d'artifice.

Dire que notre relation s'est «officialisée» (tout du moins pour ce qui est des amis) il y a un peu moins d'une année, lors du franchissement de 2017 à 2018 ! Santino passant le réveillon avec son père, je t'avais rejointe dans un appartement à Acapulco, situé dans un luxueux complexe sur la plage du Diamant. Ce jour-là, j'arrive en bus et tu viens me chercher, chevauchant un quad rouge et noir. Ce sont des images comme celles-ci qui attisent carrément ton *sex-appeal*.

Ce soir, on passe le cap de 2017 pour filer vers 2018. Cela se fait au bord du Pacifique, 26 degrés au thermomètre, dans un cadre sélect et intime, avec une vingtaine de convives, dont Paco Ayala, bassiste et chanteur du groupe de rock mexicain Molotov. Tu avais une vingtaine d'années en 1997 quand est sorti leur premier CD «¿Dónde Jugarán Las Niñas ?», l'album phare de toute une génération dont tu fais partie ; le charisme brutal et irrévérencieux, le calorifique déchaînement de testostérone, ou encore l'énergie mâtinée d'agressivité ont fait de cette formation un marqueur d'époque. Avec, comme souvent dans ce type de carrière fulgurante, un tube mythique – en l'occurrence

« Gimme tha power » – repris à tue-tête par des publics en délire et qui a quasiment le potentiel d'un hymne national !

Paco revient d'ailleurs d'une grande tournée à l'occasion du vingtième anniversaire de cet album, tournée qui l'a emmené, lui et ses potes, aux États-Unis pour une série de dates de Chicago à Houston, en passant par Minneapolis, Denver, Las Vegas, Phoenix, etc. Au cours de la soirée, on cause de musique, de la Suisse, du Mexique, mais aussi pas mal de toi. Peut-être cherche-t-il à déterminer si je suis le mec qu'il te faut. En tout cas, il surprend l'assistance lorsqu'il monte soudain sur la scène érigée sur la plage et s'adresse à moi : « Tu sais, Lionel, au Mexique, on est des romantiques : impossible de fréquenter une fille si tu ne lui as pas demandé haut et fort que tu veux sortir avec elle. Tu dois formuler ton souhait de façon officielle en prononçant des mots choisis. Sinon, pas la peine de poursuivre la relation. Pour qu'un feu puisse brûler, il faut que tu déclares ta flamme… »

L'assistance pousse des cris de joie et applaudit chaleureusement. Le sourire naissant sur ton visage, Grettell, est le fruit de la surprise, de l'allégresse, avec un soupçon d'incrédulité. On s'échange un regard furtif et je rejoins Paco, indubitablement satisfait par son effet de surprise.

Pris de court et ne possédant toujours pas une aisance suffisante en espagnol, je me lance tout de même : « Notre relation a beau être jeune, la certitude est déjà présente : en te rencontrant, j'ai compris qu'il y avait quelqu'un avec qui je pouvais être heureux » ; puis je prononce la phrase-sésame par excellence dans ces moments-là : « *¿Grettell, quieres ser mi novia?* »

Les applaudissements couvrent la fin de ma phrase et ma fiancée claironne un grand OUI… On s'enlace sous une haie de portables immortalisant la scène, ce qui obligera ma fiancée à prier les personnes présentes de ne pas diffuser leurs vidéos sur les réseaux sociaux. Elle tient mordicus à garder cette idylle cachée et le secret résistera durant huit mois.

En cette aurore du 1er janvier 2018 sur la plage du Diamant, le soleil peint le ciel de safran et les nuages couleur corail. Ta main dans la mienne, je devrais me délecter de ce spectacle somptueux reflétant ses teintes orangées sur le sable mouillé, tout comme les centaines de personnes rejoignant le littoral. Et pourtant, je ressens de la perplexité, comme si je n'appartenais pas à cette carte postale. Cette intuition, encore infime, ne cessera de m'accompagner tout au long de notre relation. Je suis un gars aimant la sobriété et préférant les plaisirs authentiques au luxe démesuré, ou à ce hobby mondain consistant à en mettre perpétuellement plein la vue. Cela, tu ne le comprendras pour ainsi dire jamais.

Le problème avec les cartes postales, c'est qu'il n'y pleut jamais à l'intérieur, voilà sans doute pourquoi je ne suis pas parvenu à vivre au-dedans de la nôtre.

*

* *

Le jour de nos noces, tu es arrivée très tôt sur les lieux, escortée d'une équipe s'occupant de tes robes, du maquillage et des accessoires. Tu m'as chargé de m'occuper de ton fils et de l'emmener dans ma voiture. Quand nous approchons du portail fermé de la propriété, quelques journalistes se pressent à la portière, tendant des micros pour demander à travers la vitre fermée une réaction avant le mariage. Toujours aussi peu friand de ce type de sollicitation, je note que Santino vit avec davantage de sérénité ces répercussions du *star-system* entourant sa maman. Certes, depuis sa naissance, il a toujours vécu au cœur de ce tourbillon médiatique ; il n'empêche que j'admire son flegme précoce.

Alors que nous entrons à l'intérieur du domaine, je repère des hommes armés de pistolets-mitrailleurs appartenant à une entreprise de sécurité privée. C'est l'illustration de la triste réalité de cette légendaire cité – vitrine historique du tourisme mexicain et rendez-vous de la jet-set hollywoodienne à partir des années cinquante – qui est aujourd'hui gangrenée par la violence et les cartels de la drogue. Considérée depuis le début des années 2000 comme l'une des villes les plus dangereuses du monde, Acapulco a vécu au cours de ces dernières années – et vit encore aujourd'hui – au rythme des fusillades entre narcotrafiquants et policiers armés jusqu'aux dents.

Le mariage d'une star de télénovela avec un imprésario suisse (j'ignore comment et pourquoi les médias m'ont inventé cette profession) constitue logiquement un évènement à sécuriser avec un soin particulier. De ce côté-là aussi, je suis impressionné par le calme de Santino face à la présence imposante de cette police de sûreté.

Pour tout dire, ce petit bonhomme de 10 ans prend une place spéciale dans mon quotidien. Pour la première fois, je suis responsable d'un préadolescent, on vit ensemble 24 heures sur 24, je suis présent lorsque sa maman est sur un plateau de tournage et, quand mon agenda me le permet, on visionne ensemble des vidéos de *gamers* sur YouTube, ou on regarde des films « entre mecs » avec plateau-repas et pop-corn.

Il est un garçon sensible, aimant parfois se réfugier dans la solitude, mais déjà un artiste en herbe (chanteur et musicien). Il adore son papa, Patricio Borghetti, et personnellement j'aime son humilité, son énergie et son aplomb : au moment où nous avons prononcé nos vœux de mariage, Santino nous a rejoints dans un smoking blanc avec nœud papillon noir, a saisi le micro et a improvisé un émouvant message de félicitations. Quelle assurance !

Mais le sommet de notre réjouissante complicité a sans aucun doute été gravi le vendredi 13 juillet 2018 lorsque j'ai demandé en mariage sa maman, à cent mètres de hauteur sur l'héliport coiffant le toit du Peninsula, en plein centre de Tokyo, hôtel cinq étoiles parmi les plus réputés au monde, situé face au Palais Impérial dans le parc Hibiya.

Santino et moi sommes parvenus à te réserver la surprise. Et je me souviens encore de ton regard ébahi lorsque tu débarques en haut des escaliers menant à la piste d'atterrissage, escortée par deux hôtesses tout de blanc vêtues. Sortant d'une séance de massage que j'avais réservée exprès pour toi afin que nous puissions organiser notre plan, tu es habillée « à la cool », avec un pantalon de survêtement noir et blanc, une blouse-tunique blanche, un veston olive et un sac rouge en bandoulière. Au naturel, tu es divinement séduisante ; les cheveux volant dans le vent, tu me rejoins sur le grand « H » gravé au centre de la plateforme, d'où le point de vue sur la capitale japonaise est proprement saisissant.

Pourquoi avoir décidé de franchir le pas et te demander ta main ? Parce que je ressentais une évidence, c'est certain ; d'autre part, parce qu'à cette période, nous étions souvent éloignés l'un de l'autre, toi plutôt à Mexico City et moi vivant périodiquement à Tulum, sur la côte caraïbe du Yucatan, pour tenter d'ouvrir un hôtel-boutique en bord de mer, projet qui finalement ne se fera pas. On se parlait alors vingt fois par jour au téléphone, on se manquait mutuellement, on se souhaitait d'être plus souvent ensemble…

J'avais pris mes dispositions en achetant une bague de fiançailles et réfléchi à diverses solutions dans le but de te surprendre. Cependant, je ne te révélerai pas ici les idées qui n'ont pas été retenues, de peur que tu me prennes pour un barjo !

Le jour J, tout s'est passé comme prévu et ceci grâce à la collaboration de l'autre complice de ce coup monté, à savoir le maître d'hôtel du Peninsula, avec lequel j'ai correspondu par courriels. En ce 13 juillet, vers 13 heures, après ta séance de massage, toi et Santino, qui est affublé d'un bonnet jaune de Pikachu, vous vous lancez dans l'aventure Pokémon, un parcours ludique à travers l'hôtel à la recherche des célèbres personnages du dessin animé japonais. Tu l'ignores encore, mais ce parcours est modifié exprès pour toi. À un moment donné, les deux hôtesses qui vous suivent conseillent à Santino de partir en éclaireur en direction de la prochaine étape à l'héliport. Je le vois rappliquer tout sourire, esquissant un signe comme quoi tout fonctionne à merveille. Quelques secondes après, tu apparais et te diriges, incrédule, dans ma direction ; je saisis ta main droite et te confie ce que mon cœur désire t'apprendre. Au beau milieu de cette piste d'atterrissage, sur ce toit d'immeuble, nulle autre personne que toi peut entendre ce message d'amour ; tous deux, nous sommes émus et profitons de goûter chaque seconde de cet instant. En revanche, Santino et les quelques membres du personnel de l'hôtel qui attendent de sabrer le champagne comprennent ce qui se passe lorsque je m'agenouille en te présentant le petit coffret contenant le diamant.

Plus tard, sur ta page Instagram – brisant pour la première fois le secret qui a préservé les huit premiers mois de notre relation –, tu publies une photo du long baiser que nous avons échangé avec ces mots : « J'ai dit oui, oui à l'amour et à une vie avec toi ! Après tout ce temps où j'ai gardé cet amour pour moi, est venu le moment de le crier sur les toits ! Je vous présente Leo, mon futur mari. Merci à toi pour l'amour et le dévouement que tu nous donnes, à Santino et à moi : comment ne pas t'aimer, tu es entré dans ma vie en la remplissant de paix, de joie et de magie… Les yeux remplis de larmes et de pur bonheur, je te dis mille fois oui ! Je t'aime ! »

En deux heures, cette publication reçoit 75 000 *likes* et des centaines de messages de félicitations de la part de tes *followers*. Du même coup, je saisis que mon statut de fiancé se double dès maintenant d'une destinée virtuelle en tant que « Leo » – selon le surnom que tu m'as donné –, personnage de ta vie sur les réseaux sociaux. Dans ce XXIe siècle, celui de la communication endémique, une personnalité publique comme toi, Grettell – qui as bâti une carrière que tu souhaites voir exister médiatiquement sur la durée –, se doit de devenir en quelque sorte son propre paparazzi, en publiant toutes sortes de contenus personnels. C'est le jeu et même si je suis d'un naturel discret, je m'efforce d'y participer en tant que « mec de », afin de t'épauler. De la même manière, tu sais bien que je ne cherche pas à profiter de cette « lumière médiatique » pour éclairer mon propre chemin ; je considère cette exposition comme faisant partie de mon rôle de compagnon à tes côtés, rien de plus.

Et par rapport aux *haters* qui saliront tes *posts* de commentaires malveillants et mensongers, inutile d'y répondre ; rappelle-toi cette pensée de Bouddha : « Puisque la haine ne cessera jamais avec la haine, la haine cessera avec l'amour. »

*
* *

Comme tous les décomptes de jours, celui d'avant le mariage a été rempli de choses à organiser. D'où un stress inhérent à ce type de grand évènement où chaque détail est vérifié, contrôlé et recontrôlé. Si bien qu'en se focalisant à fond sur la date du 8 décembre, on a presque oublié que viendrait tout naturellement… le 9 décembre ! Et alors que l'ensemble des invités sont partis et que nous restons tous les deux seuls, après avoir occupé chaque minute du 342e jour de l'année 2018, l'aube du 343e nous semble si calme, face à la lagune. Tout s'est parfaitement déroulé. On est morts de fatigue. Je suis assis sur la plage et tu as déposé ta tête sur ma cuisse. Ton portable, quasi inaudible, diffuse une musique douce, accompagnée de temps à autre, au bout de l'horizon, par l'atterrissage des premiers avions sur le tarmac de l'aéroport international General Juan N. Alvarez d'Acapulco. La plénitude que nous vivons est suffisamment loquace pour qu'on ait besoin de la remplir avec des mots.

Tout s'est déroulé à merveille ; le mariage a été élaboré de main de maître par une de nos proches amies, Zaira, à la tête d'une entreprise spécialisée dans la location et l'organisation d'événements sociaux et corporatifs. Avec virtuosité, elle s'est appliquée à donner à l'ensemble de l'évènement un style à la fois chic et chaleureux. Autour d'une piste de danse créée pour l'occasion se dressaient plusieurs tables de styles différents, certaines avec pergolas, dans des tons pâles et bois clair, contrastant gracieusement avec la vaisselle scintillante, autour de laquelle étaient disposées des fleurs séchées.

Lorsque l'amour naît, ainsi que le chante Carmen, il est *enfant de bohème*. Mais reconnaissons que, plus tard, il devient progressivement… « adulte de problèmes ». L'idéalisation normale et saine au départ ne résiste pas longtemps au contact implacable de la réalité quotidienne. Notre relation n'échappera pas à cet écueil. Si d'aucuns parviennent à surnager dans la tempête et maintenir leur embarcation à flot pour retrouver un rythme de croisière, d'autres en revanche finissent par couler à pic. Ce sera notre cas.

L'amour dure trois ans, avait écrit Frédéric Beigbeder sur la couverture de son troisième roman. Ce fut à peu de chose près le temps qu'a duré notre idylle.

Au tribunal

Jeudi 25 juin 2020, après le verdict du procès au Tribunal d'arrondissement de l'Est vaudois à Vevey (VD) paraît l'article de l'agence de presse suisse ATS sur plusieurs sites Internet de quotidiens romands. Soudain, le secret que j'avais gardé durant plusieurs années s'étale au grand jour. Mais surtout l'histoire est synthétisée, résumée, recalibrée. Il est écrit en substance que j'ai été jugé pour avoir détourné un total de 1765987 francs suisses, entre 2011 et 2015, à la multinationale qui m'a engagé: «Cet ancien vice-Mister Suisse, désormais installé au Mexique, a écopé de 36 mois de prison assortis d'un sursis partiel de cinq ans. La peine ferme à exécuter étant de 18 mois. C'est la sentence exacte requise jeudi par le procureur. L'ex-roi de beauté a été jugé coupable d'escroquerie par métier, de faux dans les titres et de blanchiment d'argent.» Et la présidente de souligner: «Il a agi par pur appât du gain, goût du luxe et par moments par peur d'être quitté par sa compagne, et ce, avec ingéniosité et absence de scrupule.»

L'article indique que je suis «apparu impassible à l'énoncé du verdict» et que mon avocat fera appel de cette condamnation auprès du Tribunal cantonal. Il est ajouté que Claudia, mon «ex-compagne et complice, une Française de 39 ans, écope de son côté de 30 mois de prison dont 15 mois ferme avec sursis de quatre ans pour complicité d'escroquerie, de recel et de blanchiment. À l'énoncé du verdict, la prévenue a fondu en larmes. Son avocate fera également appel de cette sentence.»

Après quoi, on précise que j'ai bénéficié d'une «relative clémence» du procureur pour avoir pleinement reconnu les faits et avoir collaboré de près à l'enquête. On note que j'ai déjà remboursé quelque 40 000 francs (soit un peu plus de 2 % de la somme totale dérobée) et que je reste débiteur de 98 % du solde (environ 1,725 million).

Relire aujourd'hui les divers papiers parus sur l'issue judiciaire de mon quinquennat en tant qu'escroc me replonge dans cette période à la fois pénible et presque libératrice. Je dis *presque*, car la prison n'est pas pour ainsi dire le synonyme de la liberté ; d'autant plus que chaque mois du reste de ma vie, une part non négligeable de ma fiche de paie sera amputée en vue du remboursement à mon ancien employeur. Néanmoins, il demeure une libération pour mon équilibre mental, liée à la fin de la paranoïa et à l'extinction progressive de cette culpabilité rongeant les tripes.

Le 24 juin 2020, veille du procès, j'ai passé la soirée avec ma mère, qui craignait davantage la sentence prononcée à mon encontre. Avec une seule question en tête, relative au nombre de mois de prison ferme dont son fils allait écoper. Pourtant, elle m'a rassuré. Plus tard, j'ai dormi sur le canapé-lit de son salon.

Le lendemain matin, réveil à 6h30, et après le traditionnel café-clope, je me suis habillé sobrement sans être trop relax ; pas de complet cravate, mais une chemise de couleur pâle et pas de montre au poignet. Après avoir pris un petit-déjeuner vite fait, j'ai attendu mon père au bas de l'immeuble ; il m'a conduit au cabinet d'avocat, situé non loin du tribunal.

Durant le trajet en voiture, la radio crache une musique rythmée, celle d'une matinale survitaminée où s'enchaînent tubes du moment, météo, horoscope et bulletin d'actualité. À l'intérieur de l'habitacle, après les salutations d'usage, le silence s'installe : mon père peine à exprimer ce qu'il ressent. De façon maladroite, il me lance un truc du genre : « Moi, à ta place, je serais trop mal » et il se tait. Plus tard, je tente de rebondir sur une nouvelle annonçant la naissance de trois crocodiles sacrés à l'aquarium-vivarium Aquatis à Lausanne. Trois femelles longues d'une trentaine de centimètres qui, à l'âge adulte, seront cent fois plus grandes... Mais, là aussi, la conversation ne prend pas. Finalement, au moment de me déposer, il me souhaite « bonne chance » et repart.

Pas trop de mots échangés non plus avec mon avocat, lequel est plutôt confiant dans l'obtention d'un sursis pour éviter la prison ferme. De mon côté, je suis serein. Pas de boule au ventre ou de stress inconsidéré : « Nous aurons le destin que nous aurons mérité », pour reprendre la formule d'Albert Einstein. Et c'est justement pour cette raison que j'attends avec impatience l'issue de cette affaire : mon proche avenir ne m'appartient plus, il dépend intégralement de trois juges, deux femmes (dont la présidente) et un homme, siégeant derrière un imposant bureau dans une salle mansardée au dernier étage du tribunal.

L'impression de figurer dans une pièce de théâtre est flagrante. Les rôles sont bien définis et une partie des actrices et des acteurs patientent dans un grand hall, où l'on ne trouve pas assez de chaises pour tout le monde. Arrivé depuis cinq minutes, je reste debout, concentré, en tournant en rond ; mon avocat va se changer puis, ayant revêtu la traditionnelle toge noire avec rabat blanc, rejoint ses deux assistants. Le noir sera aussi la couleur des toges des autres « officiants » du jour. Ce costume – pour reprendre un terme appartenant aussi à l'univers scénique – en impose, il marque la puissance, l'autorité, voire une forme de domination, au sens où *celles et ceux qui ne le portent pas* doivent se soumettre à *celui ou celle qui le porte*.

Mon ancien directeur est présent, on se salue avec cordialité. Près de lui, les deux membres du barreau défendant la multinationale.

Le jour J est arrivé : sans emphase, sans réjouissance particulière pour autant, voilà venue la grande représentation finale, près de trois ans après la réception du courrier du Ministère public signalant le blocage de mes comptes bancaires.

De tout temps, justice et théâtre ont fait bon ménage. On ne compte plus les œuvres où scénaristes, dramaturges ou auteurs ont situé leur intrigue au cœur d'un prétoire. Rien de plus logique : l'effet de loupe grossissante procuré par la justice constitue un formidable révélateur de société, encore davantage si cette loupe est empoignée avec éclat par l'un des acteurs en présence. Dans ce domaine, pour ce qui nous concerne aujourd'hui, le procureur surpassera l'ensemble du casting en vue de l'obtention d'un hypothétique prix d'interprétation. Bien que Claudia et moi soyons perpétuellement dans la ligne de mire de ses tirs de missiles – et, dans ce domaine, son arsenal de guerre se révèle illimité –, je ne peux m'empêcher d'admirer son aisance et sa virtuosité. Il fait son show à l'américaine, modulant sa voix comme personne, rythmant chacune de ses tirades de manière que, une fois dégoupillées, elles explosent au moment précis où elles atteignent leur cible. Malheureusement pour nous, sa prestance est telle qu'elle fait de l'ombre aux avocats de la défense, dont les munitions paraissent faiblardes face à ce réquisitoire en forme de lance-roquettes.

La meilleure preuve de cette influente maestria réside dans le simple fait que le jugement final en première instance sera le copier-coller rigoureux des conclusions de l'accusation. Pour l'anecdote, j'ai pressenti ce résultat en écoutant le bruit des cliquetis sur les claviers des tablettes des journalistes, assis derrière nous. Si leurs doigts frappaient frénétiquement les touches à la fin d'une phrase venant d'être prononcée, c'est que celle-ci avait fait mouche. Et, sur ce plan, tout au long du procès, devinez lequel des divers protagonistes en robe noire a marqué le plus de buts ?

Toujours est-il que, malgré sa flamboyance, le procureur n'est pas en mesure de s'approprier le premier rôle de la pièce, pour la bonne raison qu'il m'échoit en tant que responsable principal de cette fraude. Et pourtant, ce rôle, c'est comme si je ne l'endossais pas ; c'est comme si je me réfugiais, comme souvent, derrière ce sempiternel *profil bas*. La meilleure illustration de cette inappétence supposée se trouve dans l'adjectif « impassible » employé dans l'article de l'ATS lorsqu'il s'agit de qualifier ma réaction à l'énoncé du verdict.

Impassible. Qui ne laisse pas voir ses émotions. Qui démontre un calme imperturbable. Qui ne semble pas souffrir. En gros, un glaçon.

En réalité, il ne s'agit nullement d'indifférence. Loin de là. Disons plutôt de flegme. Une nécessité naturelle et prompte à se protéger. En plein déroulement du procès, il m'est impossible de modifier le cours des choses ; en revanche je peux plus ou moins maîtriser la façon dont tout cela m'affecte. Ne pas être totalement à la merci de ses émotions ne signifie pas que celles-ci sont absentes, mais qu'elles ne figurent pas en première ligne sur le front de combat. Bien entendu, le danger notoire d'une attitude flegmatique réside dans l'éventualité de finir par contrôler ses sentiments. C'est un risque que j'assume – quelle posture n'en comporte aucun ?

En ce jour de procès, un dernier personnage essentiel entre en scène : Claudia.

À la manière d'une tragédienne, cheveux attachés, portant un gilet à manches longues et un jean sombre, elle déboule une minute avant l'heure de convocation, suivie de ses deux avocates. À son bras, un grand jeune homme âgé d'une vingtaine d'années, « looké » de pied en cap avec des vêtements de marques et portant une large casquette de baseball, casquette que la présidente lui ordonnera sévèrement de retirer, à peine se sera-t-il assis dans les rangs du public.

Pour connecter Claudia à l'univers théâtral, il apparaît plus adéquat de parler d'art *dramatique*, tant cette éminente quadragénaire déborde d'émotions. À ses paupières, légèrement gonflées, on devine qu'elle a pleuré, tout comme elle pleurera d'ailleurs de plus belle à l'audience. Sans vouloir remettre en doute une part de sincérité dans sa désolation, il m'est difficile de ne pas y voir également une bonne dose d'autovictimisation. De toute évidence, cela constitue sa seule ligne de défense : « Je l'aimais, je l'ai écouté, je savais que ce n'était pas bien, mais je ne me rendais pas compte des conséquences sur le coup », lancera-t-elle lors du procès, rythmant ses confessions par de nombreux « j'ai super honte ! », sous-entendant que je porte l'entière responsabilité de sa situation de dépendance à la vie de luxe qu'elle a menée, dépensant à elle seule entre 4000 et 7000 francs par mois…

Tout au long de la journée, ni l'un ni l'autre n'échangerons de parole, pas même un bonjour. De plus, nous ne nous dévisagerons jamais. Notre seul « dialogue » se résumera à un unique regard soutenu durant une fraction de seconde. Dans ce regard féroce, j'observerai une profonde rancœur, mêlée de détestation à mon égard. Quant à elle, je présume qu'elle aura perçu – malgré l'insistance de ses avocates à me faire passer pour un vrai salaud manipulateur – que je ne lui laisserai pas l'occasion de minimiser son implication dans cette affaire. En aucune façon elle ne réussira à passer entre les mailles du filet.

Je l'ignore à ce moment-là, mais ces longues heures consommées au Tribunal de Vevey, quasiment côte à côte et sans un mot, seront les dernières que nous passerons dans un même lieu. Après l'énoncé du jugement, Claudia quitte la salle en sanglots. Dix ans après notre rencontre à Miami, le rideau rouge se referme sur une vie chaotique, commencée comme une comédie romantique pour se clore en drame.

*
* *

Dans son jugement du 7 décembre 2020, la Cour d'appel pénale de l'État de Vaud rejette l'appel de Claudia (qui ne s'est pas présentée à l'audience) et admet *partiellement* le mien. Ce dernier adverbe a la valeur d'un cadeau de Noël avant l'heure. Pourquoi ? Parce qu'en passant de dix-huit à vingt-quatre mois, le sursis qui m'est accordé escamote tout bonnement la prison ferme de mon avenir. Grâce à cette modification en appel, il me sera possible d'effectuer les douze mois d'enfermement en régime de semi-détention. Pour obtenir cette prérogative, il a fallu nécessairement trouver un emploi ; en l'occurrence, j'ai été engagé comme responsable financier pour deux entreprises de e-commerce. Par ailleurs, il a fallu démontrer que je vais reprendre ma vie en main, que je suis « utile à la société » et serai surtout en mesure de m'acquitter mensuellement du remboursement de ma considérable dette, considérablement étalée sur un temps considérable…

Comme le dit le proverbe, plaie d'argent n'est pas mortelle. Il me reste désormais à réinventer ma vie de fond en comble ; voilà une tâche qui mérite le qualificatif de considérable.

*
* *

Au lendemain de l'audience en appel, je me suis envolé au Mexique pour te rejoindre, Grettell, et vivre l'ultime mois de 2020 au soleil de Playa del Carmen. Ces quelques semaines resteront comme les dernières que nous avons vécues côte à côte, avant un divorce prononcé en mai 2022, deux mois avant ma sortie de prison.

La «réinvention de mon existence» a bouleversé beaucoup de choses, en commençant par notre couple. En dehors des différends que nous avons connus, la distance et le fait que mon nouveau travail était basé – où je m'apprêtais aussi à purger ma peine – ont pesé lourd dans l'équation. Se sont ensuivis des malentendus, des reproches, des frustrations et des points de discorde.

Pour ma part, au lieu de nous rapprocher, l'éloignement n'a fait qu'accentuer le sentiment que notre relation ne correspondait pas à ce que j'espérais : on n'a pas su compenser ce déséquilibre initial pour bâtir un couple où chacun s'épanouisse ; et mieux encore, *un couple où l'on s'épanouisse ensemble*. Ne trouvant pas ma place, je n'ai donc pas été vraiment heureux. La prison, quant à elle, m'a fait comprendre que je ne désirais plus faire de concession : j'ai perdu trop de temps à emprunter des itinéraires ne me correspondant pas, trop de temps également à suivre des routes dont je me doutais bien qu'elles étaient sans issue.

Notre divorce a eu lieu par visioconférence et a duré une trentaine de minutes. Sur l'écran d'ordinateur, quatre flux d'images en continu, l'un avec toi dans ta maison, l'autre avec moi dans ma cellule de prison, un troisième avec un juge de la Cour supérieure de Justice de Mexico et le dernier avec un greffier.

D'une froideur numérique, en quelque sorte.

Est-ce à dire que l'amour que nous avons fait rimer avec *toujours* dans nos vœux de mariage, ne mérite pas la qualification d'amour, puisqu'il a fini par s'éteindre et se désintégrer entre quatre webcams ? Non, à mes yeux, l'éternité des sentiments partagés n'est pas une question de longévité, mais d'intensité, quelle que soit la durée du «toujours». Cela implique que toute relation de couple n'a pas besoin d'être impérissable pour être vigoureuse.

Au final, rendons grâce au destin que les derniers moments passés ensemble, toi, moi et Santino, aient été parsemés d'épisodes sympathiques dans ce fascinant paradis sur terre qu'est la presqu'île du Yucatan, entre jungles et savanes, paysages à couper le souffle, écosystèmes englobant récifs de coraux, plages, mangroves ; et la mer à perte de vue, conjuguant de façon cristalline les teintes de bleu, du turquoise au cobalt, en passant par l'aigue-marine ou l'azur.

Tous les trois, on a visité les cénotes sur l'île de Cozumel, au cœur de ce qui constitue le plus ample réseau de grottes souterraines sur notre planète ; on a passé du bon temps et vécu de jolies surprises, comme cette fois, à proximité de l'hôtel, où l'on a croisé le chemin d'une famille de coatis, animaux caractéristiques du Mexique avec leur longue queue annelée ; enfin, on a construit un petit autel sur la plage dans le but de célébrer un rituel afin de dire adieu à 2020 et remercier la vie pour les cadeaux qu'elle nous offre, avant de faire péter un bouchon de champagne lorsque minuit a sonné.

En ce 4 janvier 2021 devant l'hôtel, alors que je m'apprêtais à rejoindre l'aéroport pour repartir en Suisse, les adieux furent émouvants. Savait-on, au fond de nous, qu'il s'agissait d'un point final ? Je l'ignore. A posteriori, malgré l'accumulation graduelle des difficultés qui nous ont conduits à un divorce dix-sept mois plus tard, je préfère retenir que l'ultime fois où nous fûmes en présence l'un de l'autre, nous nous sommes quittés sur un « je t'aime »...

Trousseau de mots-clés en prison

« PERDRE SA VIE À LA GAGNER. »

Cette phrase apparaît chaque jour à 21 heures précises sur mon portable. J'ai créé une alarme quotidienne il y a six ou sept ans et ne l'ai jamais effacée. Elle tombe le soir, de manière à lui donner davantage de chance d'exister pour ce qu'elle est, à savoir le sempiternel rappel du danger de focaliser notre existence sur une seule activité rémunératrice occultant toutes les autres.

Or, en prison, ce serait plutôt: « Gagner sa vie pour ne pas avoir à la passer sous les barreaux. » En effet, au lieu de rester enfermé vingt-quatre heures sur vingt-quatre, en raison de l'aménagement de peine dont je bénéficie me permet de travailler à l'extérieur, ce qui revient à dire que tout le temps passé au boulot constitue mon seul espace de liberté relative. Résultat: cet intervalle de « vraie vie » – où je maîtrise la temporalité – amortit le temps durant lequel je ne la maîtrise pas, cloisonné entre les quatre murs de ma cellule.

Si la prison m'a appris un truc, c'est qu'il faut s'efforcer d'utiliser le temps comme un outil et pas le contraire. Prendre et utiliser le temps plutôt que de le passer, le perdre, voire le tuer. Ainsi, par exemple, l'élaboration de ce récit m'a servi à relativiser les moments plus pénibles liés à l'enfermement. En dehors d'être un outil pour contribuer à donner du sens à ces longues heures de détention, il m'offre des moments propices à la remise en question.

Là, au moment où je rédige ces lignes, il me reste une cinquantaine de jours avant d'être libéré. C'est le moment de vous synthétiser ces dix mois au clou, en vous les racontant au moyen d'un trousseau de mots-clés…

Abstraction

Un premier mot essentiel lorsqu'on évoque l'univers carcéral. D'abord parce qu'il est un monde abstrait pour toute personne n'y ayant jamais séjourné. On a bien des images tournant dans la tête, nées de séries ou de films; toutefois, après avoir expérimenté la chose, je constate que la réalité diffère diamétralement de la fiction.

Ensuite, parce qu'à mes yeux, voilà un lieu où l'on est constamment obligé de «faire abstraction». On côtoie des prisonniers ayant commis des actes répréhensibles qui, parfois, ont causé la mort. Pourtant, dans le même temps, nous n'avons pas vocation à être des procureurs à la petite semaine; tous ces gens restent des humains, que l'on fréquente à table, avec lesquels on mange, on boit, on cause, on fume une clope… Avec plus ou moins de difficulté, chacun se voit donc contraint de *faire abstraction* de la part la plus sombre de l'autre, ce pour quoi il a atterri en taule.

Cette pseudo-technique ne se révèle pas aussi infaillible que ça : si le détenu n'est pas un procureur, il n'est pas non plus censé posséder d'éminentes vertus en psychologie. En prison, tout se sait. Et tout se sait hyper rapidement, comme sur les réseaux sociaux. Avec son lot de ragots, de caricatures, de vérités déformées... comme sur les réseaux sociaux. Vous êtes rangé de façon arbitraire dans une catégorie suivant le motif qui vous a conduit ici. Ainsi le braquage figure au top niveau de la renommée et suscite une certaine admiration, surtout depuis le triomphe de la série *La Casa de Papel* sur Netflix. En revanche, au bas du (dé)classement demeurent par exemple ceux qui purgent une peine en lien avec la pédocriminalité. Pour ce type de détenu, le séjour s'avère plus épineux : il leur est réservé un traitement imprégné d'ostracisation, pouvant se traduire parfois par la violence verbale, voire physique, ou alors l'inconsidération, le mépris. Lors de mon séjour sous les verrous, ce fut le cas d'un quinquagénaire à la silhouette bedonnante, sur le point de terminer sa peine au début de cette année 2022. Personne ne mangeait avec lui, tout le monde l'évitait. Il semblait résigné à cette situation de paria.

Au cœur de toute prison, il peut en exister occasionnellement une autre, aux parois invisibles, à savoir la stigmatisation.

Mon voisin de cellule

Âgé de 37 ans, mon voisin de cellule a passé quatorze années de sa vie en prison, soit près de la moitié de son existence. En 2008, à 23 ans, il organisa avec un complice le cambriolage de la villa d'un couple de retraités, cambriolage qui dérapa très vite dans un déchaînement de violence, les deux hommes battant à mort le mari devant les yeux de son épouse, elle-même frappée à son tour. Les brigands prirent la fuite en emportant un butin de 3400 francs, 200 euros, une montre en or et des cartes bancaires. Cet épouvantable assassinat provoqua une terrible onde de choc dans tout le canton et sans doute au-delà.

Lors du procès, deux ans plus tard, ayant reconnu les faits et présenté des excuses à la veuve de la victime, il écopa de seize ans de réclusion, alors que son comparse – qui avait nié jusqu'au bout toute implication dans ce drame effroyable – fut condamné à la prison à vie.

Quand je fis la connaissance de mon voisin de cellule, il effectuait sa dernière année à l'établissement pénitentiaire du Simplon. Garçon sympathique, ayant apparemment suivi un long chemin de rédemption tout au long de son incarcération, il semblait toutefois débranché par rapport à cette quotidienneté qu'il s'apprêtait à rejoindre. Normal, direz-vous, pour quelqu'un qui fut privé de liberté durant la quasi-totalité de sa vie d'adulte.

Il squattait régulièrement mes quatre murs. J'en profitais pour l'écouter, ou l'aider dans diverses tâches administratives, que ce soit pour rédiger un courriel à l'occasion de la recherche d'un appartement, pour changer sa puce de smartphone ou pour d'autres démarches. Lors de nos rencontres, on n'abordait pas le passé. Il existait une sorte de coutume entre prisonniers, selon laquelle on restait discrets sur les raisons de notre détention. Pourquoi ? Par pudeur certes, ou protection personnelle, ou alors tout simplement parce qu'il est suffisamment fastidieux de traîner un boulet sans qu'on doive perpétuellement y faire allusion.

Désormais, mon voisin de cellule pouvait à nouveau conjuguer son existence au futur. Après un mariage en prison, il paraissait sur la bonne voie pour remonter dans le train de la société ; je me souviens encore de ses yeux embués de larmes lorsqu'il m'annonça, en septembre, qu'il venait d'être papa et qu'il avait besoin d'une lettre de dérogation pour se rendre à la maternité, lettre que je lui écrivis dans l'instant.

Un mois plus tard, alors qu'il n'était pas revenu d'un congé durant le week-end, la police a trouvé son corps sans vie. Selon toute probabilité, le poids de la culpabilité se révélant toujours aussi lourd, je suppose qu'il a choisi de baisser le rideau.

Il se prénommait Christophe.

L'aumônière

Face à cette petite dame bénévole, âgée d'une soixantaine d'années, qui vient à la prison deux fois par semaine (le mercredi et le dimanche) afin de nous « faire entrer Dieu dans la tête », je reconnais éprouver quelque admiration ; en particulier pour son abnégation, car il en faut un maximum pour affronter cet aréopage bigarré de détenus qui, pour la plupart, se fichent de cette assistance pastorale comme de leur première chaussette et sont indubitablement plus intéressés par les spiritueux que la spiritualité…

Toujours vêtue sobrement et sombrement, avec ses cheveux rassemblés à la va-vite dans une queue-de-cheval, Gerda se jette à corps perdu dans sa mission de sauver les brebis égarées. Elle parle le français avec un fort accent néerlandais et ne se gêne pas d'insister lorsqu'elle décide de converser en tête-à-tête avec un pensionnaire de l'établissement.

Après sa croisade dans les étages, elle s'installe au réfectoire, recouvre une table d'une nappe jaune canari, y installe son orgue électrique et dépose quelques feuillets de rengaines bibliques. J'ai le souvenir d'une fois où elle chantait à tue-tête, accompagnée timidement par deux détenus africains – tous deux inculpés pour trafic de drogue, dont un sans-papiers, à quelques jours de son renvoi au Sénégal. Un peu plus loin, cinq gaillards tapaient bruyamment le carton, recouvrant ainsi les mélopées mystiques de Gerda et de ses deux fidèles. Courageusement, l'aumônière s'est levée et a tancé la tablée, mais ce fut peine perdue. À peine s'était-elle rassise pour plaquer ses trois accords sur le clavier que la partie de poker reprenait de plus belle.

Un jour, malgré mes refus polis, elle s'est incrustée dans ma cellule et a déroulé son laïus. J'ai eu beau tenter d'évoquer mon refuge pris dans le bouddhisme, mais visiblement cette voie religieuse et philosophique n'était pas un itinéraire reconnu par son GPS. En définitive, après un gros quart d'heure à lui laisser déployer son argumentaire, la nicotine m'a servi de sortie de secours : j'ai abrégé notre conversation en prétextant qu'il était l'heure de griller ma cigarette de l'après-midi. Dans le sourire poli qu'elle a déployé, j'ai perçu un signe de capitulation de sa part, du type : « Pas de souci, j'ai fait ce que j'ai pu. »

Juste avant de sortir, elle m'a offert une petite plante, gentille attention qui trône toujours à côté de mon lit, emmaillotée dans un cache-pot de fortune, conçu au moyen d'une bouteille en plastique. En l'arrosant chaque samedi, je crois avoir pigé ce qui motive Gerda à revenir sans cesse prêcher la bonne parole à une majorité de prisonniers pour le moins réticents à l'écouter. Inlassablement, elle plante ses petites graines dans le jardin des âmes ; certaines fleuriront, d'autres pas ; pour les unes ce sera cette fois, pour les autres, ce sera plus tard. Peu importe, seule compte la certitude qu'aucune fleur ne pousse si l'on n'a jamais planté de graines.

Destins croisés

Sur la cinquantaine de gars que j'ai dû croiser jusqu'à maintenant, il n'y en a que deux ou trois avec lesquels on a échangé nos numéros de portable. Non pas que je sois foncièrement asocial, il s'agit davantage d'une protection. Je ne connais aucune de ces personnes et ce n'est pas sur une proximité de circonstance, en l'espace d'une année, que se fonde une réelle amitié.

Cependant, quelques destins m'ont touché, surpris, épaté, ou alors déconcerté. Prenons Fred par exemple. Trente-cinq berges. Un cerveau qui n'est clairement pas branché sur la prise de secteur de la réalité communément admise. Nous sommes entrés en détention au Simplon le même jour, mais il fut transféré trois mois après dans un autre établissement. Motif? Il a été appréhendé consommant de la drogue dure.

Son truc, c'était de vivre en autarcie dans la nature, il campait en constituant des provisions pour tenir quelques semaines. Plusieurs promeneurs auront eu l'occasion de le croiser dans la forêt fribourgeoise, arborant un vieux treillis militaire, le visage recouvert de peinture de camouflage ; ils ont dû avoir la frayeur de leur vie !

Fred faisait partie de ces gens vivant dans une réalité parallèle, comme si rien de la réalité commune ne le touchait. Parfois je me demandais s'il se rendait compte qu'il était en prison. En tout cas, il ne se plaignait pas : tant qu'il mangeait et dormait dans un lit, cela semblait le combler. Il parlait de « sa princesse », à savoir sa fille de 8 ans, qu'il ne voyait pas aussi souvent qu'il le désirait. Et dans nos conversations, cet antisocial, anti-police et antisystème – qui jouait à des jeux vidéo basés sur la survie en pleine nature, où il s'agissait notamment de tuer un mouton pour se fabriquer une veste – affirmait adorer le silence.

«En fait, la prison, ça ressemble à l'armée», affirme mon entourage. Je réfute aussitôt l'argument en expliquant que la prison est une mise à l'écart de celles et ceux qui ne respectent pas les règles établies par la société; quant à l'armée, elle est une mise en commun de ressources humaines chargées de défendre une société si celle-ci est menacée. Ces deux «minestrones de destinées» ne se cuisinent, ni ne se dégustent de la même façon. Raison pour laquelle je conserve une part de retenue avec mes colocataires d'ici, alors qu'à l'armée je me suis fait de nombreuses amitiés.

Un point commun est toutefois les blagues de potaches. Au Simplon, l'une d'entre elles consiste à déclencher l'alarme incendie liée au détecteur de fumée de sa cellule. Plusieurs fois, le timbre assourdissant de la sonnerie – à vous glacer littéralement le sang – réveille tout l'immeuble en pleine nuit. En général, le lendemain, le fauteur de troubles se fait applaudir à son arrivée au réfectoire…

Ce fut, une fois, le cas de Jean. De nationalité française et d'origine créole, ce père de trois garçons possédait plein de qualités: intelligent, drôle, hyper à l'aise en toute situation, tissant des relations amicales avec tout le monde, gardiens y compris. Son rire sonore, associé à ses vêtements flashy, colorait l'ambiance tristouille des longs week-ends au trou. Sans oublier ses magnifiques *dreadlocks* conférant presque un air de vacances à la grisaille des lieux. Sa grande spécialité? Trouver des sujets de conversation pour nourrir le dialogue en tout temps.

«Toi le beau gosse, tu dois toutes les choper», me lance-t-il un jour. Je réponds par la négative en exhibant mon annulaire: «Je suis marié, mon gars, et fidèle.» Puis notre discussion dévie sur le métier de mannequin avant que je l'interroge sur sa propre histoire: «Qu'as-tu bricolé pour te retrouver en prison?» «J'ai roulé sans phares», répond-il avec un sourire malicieux. C'est effectivement ce détail qui a convaincu une patrouille de police d'arrêter sa berline afin de pratiquer un contrôle de routine et de découvrir des kilos de stupéfiants à l'intérieur du véhicule. « Ils m'ont coincé en plein *go fast*, poursuit-il. On appelle comme ça un acheminement de drogue pour livrer les grossistes français ; on roule à vive allure dans le but d'éviter de se faire intercepter. En général, on part d'Espagne et du Portugal vers la France, puis cette fois-là jusqu'en Suisse. Une voiture "ouvreuse" précède l'automobile transportant la marchandise et prévient le conducteur de cette dernière des éventuels barrages ou contrôles de police. »

Pour autant, son séjour à l'ombre n'a pas ombragé sa personnalité solaire. Des types dans son genre, j'en ai vu peu durant cette année : Jean est un concentré de vitamines qui a le pouvoir de dédramatiser une situation d'enfermement. Ce fut donc un privilège de le côtoyer.

Vague à l'âme

Été 1992, toute la famille embarque à bord de la Pontiac blanche direction l'Espagne et la station balnéaire de Salou sur la Costa Daurada, dans la province de Tarragone. La veille du départ, gagné par l'excitation générale, il me fut impossible de dormir. À côté du lit, ma valise contenant tous mes objets personnels indispensables : mon vieux *Picsou magazine* avec ses pages jaunies, ma Nintendo 64 avec le jeu Mario, quelques livres scolaires de dictée et de vocabulaire allemand, ma serviette de plage et une balle pour jouer dans la piscine. Au bout du compte, je finis par sombrer et c'est ma mère qui nous a réveillés, mes sœurs et moi, sur le coup des 4 heures du matin.

Le départ se fit dans le silence, histoire de ne pas importuner les voisins… L'instant précis où mon père tourna la clé de contact déclencha de manière officielle le début des vacances.

Moment insupportable pour certains, j'ai toujours adoré les trajets en voiture. Après avoir regardé défiler les camions et essayé de deviner la couleur des tableaux de bord des autres voitures dans la nuit, je m'étais endormi jusqu'au moment où une légère chaleur sur le visage évapora mes rêves : les rayons de soleil caressaient nos joues. Premier arrêt pipi et ravitaillement ; un sentiment de vacances encore plus marqué m'envahissait, entre les premières odeurs du sud et les émanations de gazoline de la station-service.

S'ensuivait le traditionnel jeu de plaques d'immatriculation, les cassettes audio de mes parents tournant en boucle et le paysage défilant sur les refrains de « Shiny Happy People » de R.E.M., « Bette Davis Eyes » de Kim Carnes ou « The Time Of My Life », la B.O. de *Dirty Dancing* ; et puis les longs moments d'un silence dérangé par le seul bruit du vent pénétrant au travers des vitres grandes ouvertes, afin d'adoucir la chaleur écrasante et dissiper les odeurs de cigarettes de mes parents.

La maison de Salou était grande, blanche, typique du Nord-Est espagnol, entourée de pins parasols, avec un parterre couvert d'épines et une végétation méditerranéenne, composée de chênes verts, de genêts, de la garrigue et des pins. Pour mon plus grand bonheur, je sentais l'odeur mielleuse de la sève et de la résine, tout en percevant le bruit de fond permanent des cigales. Cette année-là, grand luxe : on avait droit à une piscine. Celle-ci n'a constitué un décor que durant quelques minutes avant de se muer en personnage principal de mes vacances !

Nous partagions la maison avec mon oncle et ma tante, leur fille, ainsi que ma grand-mère paternelle. Heureuse surprise, ma cousine avait emmené sa propre cousine, que je ne connaissais pas, ainsi que la meilleure amie de cette dernière, une très jolie blonde. Plus âgées que moi de quatre ou cinq ans, elles dégageaient une attitude rebelle et féminine qui m'a marqué à jamais.

Sur cette photo que j'ai retrouvée dans une enveloppe jaune, chez ma mère, lors d'un week-end de liberté, Christelle et Nadia apparaissent donc, grand sourire aux lèvres. Je les revois sur les matelas gonflables, bronzant seins nus, en train de discuter de leurs amours. J'avais 10 ans et venais de ressentir quelque chose de nouveau : le désir pour une femme… Leur beauté m'a subjugué. En mon for intérieur, je me savais trop jeune pour les intéresser et aurais donné cher pour être un de ces petits copains dont elles discutaient au bord de la piscine.

En ce dimanche de juin 2022, en revoyant par hasard ces images du passé, j'ai éprouvé un semblant de vague à l'âme. Pas de nostalgie, non, mais ce désir larvé de discerner, dans l'insouciance de mes 10 ans, des signes précurseurs de ce qui allait m'amener, deux décennies plus tard, à la fraude, à la prison et cetera. Je crois que dans la tête de ce gosse, il y avait juste un rêve de créer une famille, d'avoir un travail à hautes responsabilités, une vie rangée et des vacances balnéaires, en Espagne ou ailleurs.

Alors, à quel moment un caillou s'est-il glissé dans l'engrenage ? Quel aiguillage aurait-il fallu manœuvrer pour prendre une direction différente ? La seule réponse possible à ces divagations tient dans le mot de « destinée ». C'est elle qui nous façonne et non le contraire. Dès lors, il est inutile d'avoir des remords : il s'agit essentiellement de transformer des regrets sincères en forces nourricières, de manière à continuer le chemin, le vôtre, dont vous ignorez perpétuellement l'itinéraire. Avec, pour guide, ces mots de conclusion du poème « Élévation » de Baudelaire, griffonné quelques années plus tard sur mon agenda scolaire au moment où l'on étudiait *Les Fleurs du mal* :

Derrière les ennuis et les vastes chagrins,
Qui chargent de leur poids l'existence brumeuse,
Heureux celui qui peut d'une aile vigoureuse
S'élancer vers les champs lumineux et sereins ;

Celui dont les pensers, comme des alouettes,
Vers les cieux le matin prennent un libre essor,
- Qui plane sur la vie, et comprend sans effort
Le langage des fleurs et des choses muettes !

Les gardiens

Ce tour d'horizon en mots-clés ne serait pas complet sans mentionner ce prétendu « métier ingrat », qualificatif revenant souvent lorsqu'on parle des gardiens de prison. Depuis dix mois d'enfermement, je n'ai jamais demandé si c'était effectivement le cas à l'un des dix surveillants se relayant sept jours sur sept. Cela dit, dans un établissement accueillant des personnes condamnées à de courtes peines privatives de liberté, exécutées en semi-détention, on imagine que leur job est moins mouvementé. Quoique. Pas toujours.

Gamin, on a tous joué aux gendarmes et aux voleurs. Sur le principe, ce théâtre de l'enfance n'est pas si éloigné de celui qui se déroule ici. Chacun doit interpréter son rôle, qu'il soit d'un côté ou de l'autre. Mais, dans les deux cas, on reste des humains et le respect est multilatéral, qu'on soit du côté de ceux qui ferment à clé notre division à 22 heures et la rouvrent à 6 heures, ou de l'autre côté. La politesse prévaut à tout contact et les gardiens nous interpellent invariablement en précédant notre nom de famille de « Monsieur » (avec une mémoire qui m'épate lorsqu'ils parviennent à se souvenir des noms les plus exotiques).

Vadrouillant dans les couloirs, « armée » d'une seule lampe de poche, l'équipe est formée de jeunes et de moins jeunes. Les premiers se révèlent en général plus sévères que les seconds. Il y a ceux qui testent épisodiquement leur autorité, ceux qui vous donnent un rab de yogourt au réfectoire, ceux qui se plaignent de tout et de rien, ceux qui font des commentaires politiques à haute voix avant et après les votations, ceux qui nous rejoignent de temps à autre au fumoir (dont celui à la grosse chevalière au doigt, qui allume des cigares sentant si fort que l'odeur monte jusque dans les étages).

Et il y a ceux qui évoquent l'établissement pénitentiaire du Bois-Mermet à Lausanne, pour nous avertir que c'est là-bas que nous serons conduits, s'il nous venait à l'esprit la mauvaise idée de ne pas respecter les règles. D'ailleurs, j'ai vu plusieurs de mes «collègues de destin carcéral» y être escortés par la gendarmerie après avoir fait entrer au Simplon de la drogue, de l'alcool, voire des armes blanches…

Concernant cette prison du Bois-Mermet, bâtie en 1905, il y a ceux aussi, parmi les gardiens, qui y décrivent des situations surnaturelles. Apparemment, ce lieu plus que centenaire serait colonisé par des fantômes. La rumeur fait notamment état d'une ampoule qui s'est allumée toute seule dans une cellule vide et fermée à clé. Après avoir constaté la chose sur le moniteur de leur loge, un des gardiens présents cette nuit-là est allé éteindre la lumière dans cette geôle, qu'il a ensuite refermée à double tour. Moins d'une heure après, l'ampoule se rallumait sans que l'on ne sache comment ni pourquoi…

Si je demeure toujours dubitatif quant au paranormal, en revanche je salue le côté «normal» des gardiens. J'observe leur bienveillance à l'égard des prisonniers que nous sommes. Ils sont en quelque sorte la dernière représentation physique quotidienne de l'Autorité avant de retrouver un monde où – sans être absente – cette représentation sera, disons, plus «diluée», moins présente.

Un monde dans lequel on ne te sanctionne pas si tu respectes les règles édictées.

Un monde impossible en somme.

Sénégal

Tu te prénommes Sissoko, mais tout le monde t'appelle « Sénégal », du nom de ton pays, que tu as quitté en 2014 à l'âge de 22 ans, avec moins de cent euros en poche, quelques mois après que ton épouse est tombée enceinte. Tu as choisi d'émigrer en Italie, afin de donner un avenir plus confortable à ton fils à naître. Ton périple de plus de 5000 kilomètres, accompli sur plusieurs semaines en taxi-brousse, voire en quatre-quatre ou à pied, a passé par le Mali, le Burkina Faso, le Niger et la Libye. Après être monté à bord d'un bateau de fortune à Khoms, tu as débarqué sur l'île italienne de Lampedusa avec nombre de clandestins de diverses nationalités. Aucun des innombrables obstacles sur l'une de ces routes du « si j'avais su » – ainsi surnommées par les migrants – n'a égratigné ta motivation de départ.

En Italie, durant huit années, tu as travaillé au noir dans le domaine de la construction avant de tenter ta chance en Suisse, dans le trafic de drogue, considéré comme plus rentable. Hélas, la police t'a arrêté et tu as atterri voilà trois mois à l'établissement du Simplon. Pour toi, pas de régime de semi-liberté, mais de la prison ferme.

À ton arrivée, tu n'avais quasiment pas d'habits. Les détenus, au fil des jours, t'en ont fourni. En échange, tu nous as fait cadeau de ta lumière, de ton inamovible sourire et de ce courage forgé durant ces années de clandestinité. Depuis que tu es ici, tu nous as montré parfois des photos de ce fils que tu n'as jamais vu en vrai depuis huit longues années et que ton frère a élevé à ta place ; ce fils que tu vas rencontrer pour la première fois demain, à la sortie de l'avion qui te renvoie au Sénégal. Ta joie fait plaisir à voir. Elle est à l'image de ce qui t'a caractérisé durant ton séjour sous les barreaux : la gentillesse, l'humilité, une certaine réserve, et cette disposition constante à rendre service.

En ce samedi matin, avec d'autres prisonniers et des gardiens, on est venus te dire au revoir. Escorté par deux gendarmes et les menottes au poignet, avec toute ta vie dans un sac à dos et une grosse besace remplis à ras bord, tu nous as lancé, un grand sourire aux lèvres : « Que Dieu vous garde ! »

Venant de toi, cette adresse avait d'autant plus de valeur que tu es solidifié par cette foi robuste qui a modelé ta vaillance. J'ignore ce que tu deviendras, mais tu constitues un exemple de plus que toute trajectoire de vie n'est jamais rectiligne, qu'elle comporte nombre de virages, de tournants inattendus, d'accidents de parcours, parfois de sorties de route… Ce qui te différencie peut-être en ce jour où tu quittes la prison, c'est qu'au fond de toi, sans le moindre doute, je ressens que, quoi qu'il arrive, tu parviendras sain et sauf à destination.

Victorieux malgré le démon

TOUTE BONNE CHOSE A UNE FIN, il en va de même pour la prison.

Sur cette photo prise par un ami lundi 25 juillet 2022 « à huit heures zéro zéro », je quitte l'établissement pénitentiaire du Simplon à Lausanne, ayant purgé l'entier de ma peine. Heureux d'être libre, mais surtout rasséréné qu'une page se tourne sur la première moitié de mon existence. Au moment précis où le portable de mon pote capture cette image, je sais très exactement ce que je ressens : l'ardoise du passé étant effacée, l'espace est redevenu vierge pour y dessiner un nouveau futur. Voilà pourquoi, en somme, j'ai vécu la prison comme une bonne chose.

Ce matin, comme d'habitude, je me suis levé à 5h30 pour savourer ces instants d'avant la délivrance. Comme pour m'imprégner des lieux une dernière fois.

Depuis quelques jours, j'ai entrepris d'évacuer progressivement ce qui se trouvait dans ma cellule. Il me reste donc l'essentiel… et cet essentiel a déjà été bien rangé hier à l'intérieur de deux gros sacs. L'espace carcéral numéro 13 est vidé, nettoyé, ripoliné.

Je jette un coup d'œil par la fenêtre, le jour commence à se lever. Selon un rituel initié le premier matin de ma détention, je me dirige vers le lavabo de l'étage pour me passer de l'eau sur le visage. Selon le même rituel, je rêvasse quelque peu en apercevant par la fenêtre les quais de la gare de Lausanne. Dans moins de deux heures maintenant, je rejoindrai cette prison sans barreaux qu'est notre vie trépidante, stressante, abrutissante, contrariante, envahissante, suffocante ; en bref tout ce qui, dans le quotidien, nous hante.

Je lâche enfin prise et descends au réfectoire pour prendre le petit-déjeuner. Par chance, je tombe sur une portion de confiture multifruits – la meilleure –; cela constitue carrément un Graal, tant cet arôme est recherché par mes coreligionnaires qui, en temps normal, ne me laissent le choix qu'entre la confiture d'orange et la confiture d'orange.

Pourtant, ce jour exceptionnel pour moi a une gueule de jour banal. Logique : à la différence de l'armée où, lorsque sonne l'heure de la quille, toute la troupe prend congé en même temps, en prison c'est différent : les trois ou quatre personnes rencontrées ce matin me souhaitent poliment bonne chance, mais sans trop insister : le départ des uns accentuant la « stagnation » des autres, on ne s'éternise pas sur les réjouissances.

Après avoir effectué une demi-heure de sport dans la petite salle destinée à cet effet, direction la douche, sous laquelle je reste plus longtemps que d'habitude. Une façon peut-être – en fracturant le rythme de mes activités quotidiennes de début de journée – de marquer une cassure définitive avec ce protocole de prisonnier qui fut le mien durant ces trois-cent-soixante-cinq derniers jours. Des souvenirs reviennent, pas de nostalgie pour autant ; plutôt un sentiment de plénitude lorsqu'une période se termine. Comme si le jet d'eau chaude ruisselant sur ma peau nettoyait aussi les scories d'un passé sur lequel je désire tirer le rideau. La quatrième décennie de mon existence a été broyée comme dans une moulinette. Dès lors, pour la cinquième, qui a décollé il y a quelques mois, il s'agit de remodeler un plan de vol afin d'éviter un nouveau crash.

Mon premier projet ? Partir en vacances et payer pour la première fois avec de l'argent qui est totalement le mien ! Plaisanterie mise à part, cette importante constatation a pour conséquence directe que toute chose achetée est débarrassée de ce perpétuel arrière-goût de culpabilisation, comme auparavant. Et ça fait un bien fou.

Ensuite, je reprendrai mon travail et continuerai à solidifier ce nouvel équilibre dans mon quotidien. C'en est fini de cette incertitude constante sur le futur à construire, comme c'en est fini de cette fâcheuse tendance à laisser trop souvent au hasard le soin de me guider. Aujourd'hui, il n'est plus question de vivre « à peu près ma vie » ; je prends les commandes et m'autoproclame président directeur général de mon destin.

À quoi j'aspire, en définitive ? Tout naturellement à une vie plus tranquille, une vie qui ne risque pas de s'effondrer comme un château de cartes du jour au lendemain, car ses fondations seraient basées sur des mensonges. Je m'aperçois que mon passé a eu trop souvent comme boussole la recherche d'une vie non conformiste et le refus de tomber dans une routine. Eh bien, il s'agit de revoir ces anciennes priorités pour en reconstruire de nouvelles. Sans toutefois se renier. L'évolution, oui. La révolution, non.

Chacun sait que toute velléité d'effacer ce qu'on est (ou ce qu'on a été) pour bâtir ce que l'on sera est vouée à l'échec. Si l'on cherche à élaborer sereinement son futur, il faut d'emblée dresser une analyse critique de son passé. Telle est la condition d'un bonheur durable et tel est donc le chemin de sagesse que je désire emprunter.

Désormais, mon seul but tient en cinq mots : « Deviens ce que tu es. » Je considère que cette formule – reprise en son temps par le philosophe Friedrich Nietzsche – traduit rigoureusement la tâche principale qui m'incombe. Or, force est de constater que, jusqu'à maintenant, *je suis devenu quelqu'un qui n'était pas exactement ce qu'il était.* À cause de cette approximation ont germé nombre de problèmes, qui m'ont notamment conduit sous les verrous.

*
* *

Trois minutes avant 8 heures, après avoir vérifié que la cellule qui fut la mienne soit « *pico bello,* propre en ordre », le gardien me confie : « Sachez, Monsieur Clerc, que ce fut un plaisir de vous avoir ici durant cette année, vous êtes quelqu'un de bien et, à l'heure où s'offre une deuxième chance, je sais que vous saurez en tirer profit. Bon vent ! »

On descend au rez-de-chaussée, la prison est déserte, la plupart des détenus sont déjà partis ou ils travaillent dans les étages. Je croise deux autres gardiens, leur dis machinalement au revoir. « Ah bon ? Au revoir ? Vous voulez vraiment nous revoir ? plaisante l'un d'eux. Cela ne tient qu'à vous ! »

Je souris et leur lance : « Alors, disons plutôt bonne journée ! »

Je franchis le sas une ultime fois et je descends les marches.

Mon pote est là, qui prend une photo avec son portable avant qu'on aille boire un café.

Voilà, la prison, c'est fini.

*
* *

Si c'en est fini de la prison, tel n'est pas encore le cas de ce récit.

Il me reste encore à vous raconter cette fameuse « villégiature philosophique » d'une dizaine de jours dans un temple bouddhiste au Népal, il y a huit ans, en 2015. Pourquoi maintenant et pas avant ? Parce que ce séjour demeure – vous le constaterez par vous-mêmes – comme une parenthèse salvatrice. Les enseignements reçus alors m'ont permis de mieux vivre jusqu'à maintenant ; et je sais déjà qu'ils séréniseront mon futur… En conséquence, il me semblait judicieux d'extraire cet épisode de la chronologie de mon parcours et de vous le livrer sous sa forme initiale, celle d'un « journal de bord ».

Pour rappel, ce séjour s'est déroulé fin février, début mars 2015, à un moment critique. Trois mois auparavant, je suis parvenu – avec difficulté et dans la douleur – à quitter Claudia. Aussitôt après, je pars en vrille dans un délire paranoïaque ; englué dans cette fraude commencée il y a près de cinq ans, je ne sais plus comment m'en sortir et ne peux demander d'aide à personne.

Le Népal intervient alors comme la dernière chance de salut avant la catastrophe programmée…

*
* *

Du 28 février au 10 mars 2015 journal de bord de ma prise de refuge dans le bouddhisme

Samedi 28 février 2015, 7h30 De l'aéroport de Katmandou au monastère de Kopan

Katmandou est une ville poussiéreuse et bordélique, foisonnante et chaotique, où l'électricité n'est pas garantie sans coupure, avec cette odeur âcre des vapeurs de diesel et des gaz d'échappement vous contraignant à porter un masque et colorant de noir vos crottes de nez. C'est une ville où l'on se perd, une ville étroite, étriquée, où les pneus sont de couleur gris terreux; de même que les immeubles, vieillots et sans le moindre style, me font penser à des bottes après une marche sur un chemin boueux: crade au rez-de-chaussée et retrouvant progressivement leur vieille couleur initiale dès le premier étage. Encore que la pollution les salisse en s'attachant aux murs, en s'attachant aux éléments, en s'attachant à l'eau, ou encore en s'attachant à l'air gras, chargé de dioxyde de carbone.

Atmosphère, atmosphère, Katmandou a une gueule d'atmosphère, parfois postapocalyptique, avec ces poteaux de bizingue supportant un enchevêtrement de câbles électriques rayant le ciel de traits noirs plus ou moins pâteux, avec ces motards serpentant entre les bagnoles (principalement des Maruti Suzuki), de vieux fourgons, des gros bus indiens de la marque Tata, quelques rares rickshaws (pousse-pousse), et sans aucun feu rouge ni passage clouté sur la route allant de l'Aéroport international Tribhuvan au monastère de Kopan, temple bouddhiste où je m'apprête à faire une retraite d'une dizaine de jours. Il est 7h30 du matin en ce samedi 28 février 2015, au surlendemain de l'anniversaire de mes 33 ans.

On ne le devine pas au travers de cette introduction, mais Katmandou me fascine; c'est une ville inoubliable, dont le décor labyrinthique, semblant ne pas avoir évolué depuis la période hippie, est précisément ce à quoi j'aspire en ce moment.

«Celui qui cherche la paix doit être sourd, aveugle et muet», dit un proverbe turc. On ne peut pas faire plus compact comme explication.

Je viens de vivre cinq ans dans un prétendu rêve d'opulence, dégoulinant de luxe, d'hôtels transparents de propreté, de soins de bien-être à la personne, de salons de première classe, d'argent indécemment dépensé pour des futilités. Katmandou m'offre un miroir grossissant de la stérilité de mon existence durant ce quinquennat d'un matérialisme inconsidéré, au cours duquel «ma vie a oscillé, comme un pendule, de la souffrance à l'ennui», pour reprendre la formule de Schopenhauer.

L'argent à profusion nous transforme en machines à désirer et à consommer. Et le désir est aussi volatil que le kérosène; à peine satisfait, il meurt étouffé par un autre désir, une autre lubie qu'il s'agit d'accomplir ou d'acquérir toute affaire cessante. Or, après cinq longues années passées sous la gouvernance de l'auxiliaire *avoir*, je réserve les dix jours de mon séjour népalais à l'auxiliaire *être* exclusivement. Dix jours pour m'aider à faire connaissance avec l'individu ayant élu domicile dans ma conscience et qui, ces dernières années, lui fait faire à peu près tout et n'importe quoi.

Dans la vie, si tu cherches seulement ce que tu connais déjà, tu t'appauvris. On ne s'enrichit qu'en élargissant la connaissance de son univers. Pour ma part, cette connaissance doit passer par une prise de refuge dans le Bouddha, dans le Dharma et dans le Sangha, selon la formule du pas inaugural dans la Voie de l'éveil. Avec l'espoir d'une guérison? Cela semble improbable à court ou moyen terme, mais selon le temps d'infusion que ça prendra, il est raisonnable d'escompter tout au moins une cicatrisation.

Une chose est sûre : à l'issue de cette expérience philosophique et méditative, je reprendrai inévitablement le rythme de ma vie d'avant, mâtiné de stress et de préoccupations diverses. Je ne vais pas changer pour devenir un autre ; je veux changer pour devenir meilleur. Ou tout au moins pour avancer. Cette histoire de fraude m'a progressivement embourbé dans un marais dont je ne connais pas encore le moyen de m'extirper.

*
* *

À la sortie de l'aéroport, comme pour tous les touristes étrangers, je suis la proie d'une armée désorganisée de taximans qui me sautent dessus pour me conduire. Je fume une clope afin de temporiser et choisir plus calmement un chauffeur. Une fois ma décision prise, je lui demande poliment d'ouvrir le coffre afin d'y placer mon gros sac à dos. Il s'exécute pour que je sois en mesure de constater que tout l'espace destiné aux bagages est colonisé par une robuste bonbonne de gaz. Par conséquent, mon sac ira sur la banquette arrière et moi à l'avant.

Dans ce véhicule exigu, aux sièges en simili cuir usés, on bavarde tous deux et lorsque la conversation se tarit, j'insère mes écouteurs pour remettre « Chö », l'album de folklore tibétain écouté la veille durant la longue escale à Istanbul ; réalisé par le guitariste américain Steve Tibbetts, il nous fait découvrir la nonne népalaise Chöying Drolma.

Le miracle de la voix céleste de cette religieuse immobilise le temps ; mieux, durant mon trajet en taxi, elle transforme en chorégraphie la conduite anarchique des utilisateurs du seul bitume existant, le reste étant des chemins de terre battue. On y roule à gauche, comme en Inde, mais dans les faits, on y roule là où on a envie. Le code de la route semble moins basé sur un règlement que sur une hiérarchisation endémique, où l'ordre de priorité est défini par celui qui klaxonne le plus fort, celui dont le véhicule en impose par la taille ou par le culot de son conducteur.

La lente mélopée de Chöying Drolma se poursuit, envahissant mon corps entier. Sous cette voix-prière, qui trouve un écho au plus profond de l'âme, Katmandou se révèle. Katmandou se décèle. Katmandou est si belle… Son bourdonnement, son tumulte, sa confusion, son capharnaüm « s'empoétisent » et ce chant de compassion colonise l'espace, comme un faisceau de lumière traversant la brume.

C'est à dessein que j'écoute cet album ; je lui confère le rôle de sas de décompression avant l'immersion totale à l'occasion d'un cours de découverte du bouddhisme, dispensé en anglais. Ma vie actuelle se résume *à trouver du temps pour le remplir* ; il convient désormais d'inverser les priorités et de *laisser le temps me remplir pour qu'enfin je me trouve.* Cela passe par un détachement de toutes choses matérielles, mais aussi par une auto-éducation pour contrecarrer tout sentiment néfaste, comme la colère ou l'irritabilité. Désirer, c'est souffrir, et le bonheur, pour le bouddhiste, ne s'acquiert que par l'absence de souffrance. Dès lors, pour que le bonheur bourgeonne dans ton pré, n'aie plus soif de quoi que ce soit, et efface le désir de ton plan de route. En définitive, cela passe par l'acceptation que rien ne dure.

Le chauffeur interrompt mes pensées pour me désigner le monastère de Kopan, perché sur une colline. J'arrête la musique et observe, émergeant d'une forêt, les quatre tourelles carrées rouges et jaunes entourant une énorme construction centrale, abritant une communauté monastique depuis 1971. Ils sont plus de 300 moines à l'avoir intégrée, venus parfois dès l'âge de 7 ans, pas seulement du Népal, mais aussi d'autres régions et pays himalayens tels que le Tibet, la Mongolie, le Bhoutan, ou l'Uttarakhand et le Sikkim, deux États de l'Inde du Nord ; en parallèle, ce temple est un des seuls endroits au monde qui accueille des personnes désirant vivre ce type de retraite spirituelle. Les cours prodigués vous donnent un aperçu du bouddhisme tibétain et vous instruisent sur ses principes fondamentaux pour les appliquer au quotidien. De surcroît, différentes sortes de méditation vous sont présentées, dans le but de vous apprendre à écouter votre voix intérieure.

En somme, au lieu de donner des vacances à votre corps, vous en donnez à votre esprit.

Le voyage s'arrête devant l'imposant portail barrant l'accès au monastère. Comme Luke Skywalker devant la gigantesque porte du palais de Jabba le Hutt dans *Le Retour du Jedi*, j'appuie sur la sonnette et, après quelques minutes, le lourd bloc d'acier se met en mouvement. Un gardien me fait entrer et on marche une cinquantaine de mètres jusqu'au bureau des admissions, où patientent déjà une quinzaine de personnes.

La patience, voilà le mot-clé pour vivre cette expérience. Ce mot est construit sur la même racine latine (le verbe *pati*, signifiant « souffrir », « endurer ») que les mots : *pâtir, pathologie, passif* ou *passion*. Si je me permets cette minuscule incursion étymologique, c'est pour élargir une définition commune de la patience qui se rapporte un peu trop rapidement au simple fait d'attendre avec calme que quelque chose se produise. La patience que je m'apprête à éprouver se rapproche davantage de la souffrance ; je suis un *patient*, au sens où je suis en traitement : il est flagrant que, tel un moustique prisonnier d'une toile d'araignée, je développe une énergie folle à essayer de me libérer alors qu'il faudrait – dans ma condition – retrouver une quiétude pour déterminer des options de sortie de l'épineuse situation dans laquelle je me suis fourré.

La compréhension du mot « patience » passera aussi par la *passivité* ; il s'agira d'accepter de ne pas occuper obligatoirement le temps ; d'accepter cette forme d'inertie nécessaire pour se déconnecter des autres et du reste du monde, afin de se reconnecter à son moi profond.

*

* *

Samedi 28 février 2015, 10 heures
Les cinq préceptes du règlement

Devant une tasse de thé au beurre, mon admission n'a pas duré longtemps. Le truc le plus déconcertant est de se séparer de son téléphone portable et autres gadgets électroniques superflus en ces lieux. Paradoxalement, de cet abandon temporaire naît aussi une première et puissante sensation de libération.

Un moine me guide vers la chambre individuelle que j'occuperai durant le séjour. Elle est minuscule, environ sept mètres carrés, une porte (qui ferme mal), un lit, une chaise, un placard. Rien sur les murs tapissés de couleur brune ; pour assombrir la pièce, pas de stores, mais un vieux rideau en macramé qui doit dater de l'inauguration des lieux il y a plus de quarante ans…

Je déroule mon sac de couchage et, en guise de taie, recouvre d'un t-shirt le vieil oreiller, qui a dû accueillir un nombre incalculable de nuques fatiguées des journées de méditation. Pour me tenir chaud en cette fin d'hiver, j'ai fait l'acquisition d'une couverture violette en pure laine de yak au petit magasin dans l'enceinte du monastère.

Les cours débutent demain à 6h30 et se terminent à 21 heures. Ils sont basés sur le *Lam Rim : Steps on the Path to Enlightenment* (Étapes sur le chemin de l'illumination), manuel tibétain regroupant l'ensemble des stades permettant d'accéder à l'Éveil, tel qu'enseigné par Bouddha. Les participants doivent assister à la totalité des sessions, après quoi le silence est gardé de 21 heures jusqu'au lendemain, une fois fini le repas de midi.

Le petit-déjeuner et le déjeuner sont donc pris sans la moindre parole, avec la mastication comme seul bruit de bouche admis. « Cette pratique aide à concentrer son attention et à développer sa conscience extérieure et intérieure », indique le règlement. On a aussi la possibilité de ne pas parler durant tout le séjour ; le cas échéant, on doit porter un ruban jaune de manière à avertir les autres. Enfin, l'expérience se termine avec une retraite totalement silencieuse de deux jours.

Il n'est bien sûr pas autorisé de quitter l'enceinte de Kopan, pour aller manger un soir au restaurant ! Au grand réfectoire commun, le menu est identique durant tout le séjour, à savoir une sorte de bouillie ou de goulash (sans viande). Pour boire, on va remplir nos thermos avec une louche dans un grand chaudron rempli d'eau. Concernant les nettoyages du lieu, chaque participant à son tour est nommé responsable du ménage et de la vaisselle.

Il est exigé de respecter les moines et leurs vœux, de ne pas les détourner de leurs études ou de leur travail. D'ailleurs, la règle doit être identique de leur côté, puisque mis à part des salutations sous forme de hochements de tête, ils ne conversent pas avec les pensionnaires étrangers.

Le règlement souligne cinq préceptes à adopter : « Pas de meurtre, pas de vol, pas de mensonge, pas d'activité sexuelle, pas de tabac, d'alcool ou de drogues illégales d'aucune sorte. » Les hommes et les femmes sont logés dans des chambres séparées et il s'agit pour tout le monde de respecter le code vestimentaire suggéré : « ample et confortable, adapté à un environnement monastique ».

Trop rigide ? Oui, sans doute, mais c'est fondamental : sans une déconnexion absolue d'avec sa vie à l'occidentale, sans une cassure totale d'avec son rythme de malade, délimité par des horaires précis, des périodes, des plannings, des rendez-vous et des agendas, comment serait-il possible de se débrancher de ce quotidien chronophage ? Curieusement, on a donné le terme de « cellulaire » au téléphone portable – en référence à l'invention, au milieu du XXe siècle, d'un réseau assemblant des cellules hexagonales pour permettre aux téléphones mobiles dans les automobiles de fonctionner d'un endroit à un autre. Mais ce terme de « cellulaire » ne fait-il pas penser plutôt à la cellule de prison dans laquelle un téléphone portable nous enferme inexorablement ? Car, sans ce prolongement électronique de sa personne, à laquelle on confère un nombre non négligeable de besognes, de services ou de manœuvres, on n'est plus aussi libre qu'auparavant – et c'est un euphémisme.

Par conséquent, s'inscrire à ce stage s'apparenterait-il à une question de vie ou de mort ? Bien sûr que non, au sens propre de l'expression : aucune pensée suicidaire ne m'a jamais traversé l'esprit. En revanche, au sens figuré, le constat est irrécusable : la vie que j'ai menée ces cinq dernières années est un fiasco. Il est crucial que cette vie-là agonise et le plus tôt sera le mieux.

*
* *

Samedi 28 février 2015, 21 heures
La nécessité de soigner son âme

Le décalage horaire et pas beaucoup dormi dans l'avion. Je suis crevé. Je viens de me doucher, enfin si on peut appeler ça comme ça. À l'intérieur d'un cagibi exigu qui me sert de salle de bain, pas d'eau chaude : je me lave hâtivement sous une fine pluie glacée dans un espace minuscule où la cuvette des toilettes est située juste en dessous du pommeau de douche ! Résultat : en moins d'une minute, c'est l'inondation. Tout nu et grelottant de froid, j'éponge le sol afin d'éviter une infiltration d'eau dans la chambre. Puis j'essaie en vain de me sécher avec la serviette… que je viens d'utiliser pour le sol. Autant dire qu'elle est détrempée et qu'elle n'est plus d'aucune utilité.

Quand je me glisse dans le lit, je suis frigorifié de la tête aux pieds, claquant des dents et essayant de bouger le moins possible afin de retenir le peu de chaleur corporelle restant.

Des pensées négatives surgissent. Des sueurs froides d'abord, en repensant à mon boulot. Ai-je fait la connerie de ma vie en prenant des vacances dans un endroit où je savais que l'on me confisquerait mon téléphone portable ? Et si mes collègues découvrent le pot aux roses en mon absence ? Ou alors qu'une filiale avec laquelle je bosse dresse un contrôle fortuit des comptes ? Plus le temps passe, plus l'étau se resserre, c'est inéluctable. La parano a définitivement établi ses quartiers dans mon subconscient.

Le fond du trou, je l'ai connu il y a un mois et demi. Seul à l'intérieur de cette gigantesque baraque à Chernex, un samedi soir. Le besoin de sentir une présence ; je téléphone à ma mère et, dès qu'elle répond, fonds en sanglots. Comme un gamin, j'appelle maman au secours. Je la supplie de venir. Étant donné qu'il m'est impossible de lui raconter la vérité, je mets cette dépression sur le dos de la séparation d'avec Claudia. J'ai honte de moi, c'est pathétique. Le désarroi total.

Ma mère viendra. Restera deux jours, le temps que je reprenne mes esprits. Puis repartira. Sans le savoir, elle a peut-être provoqué cette nécessité de me soigner l'âme au Népal. Il y a encore quelque temps, j'estimais mes chances que la fraude soit découverte à une sur cent. Aujourd'hui, je n'estime plus rien. Au fond de mon âme, il y a un souhait ardent que toute cette escroquerie soit mise au jour. J'ai fait du plaisir une valeur et par conséquent, je redoute la souffrance ; ainsi, je suis passé à côté de l'essentiel de ma vie. Il est capital que, dorénavant, j'accepte de souffrir sur le chemin qui mènera à ma libération.

Avant de dormir, aidé de ma lampe torche frontale, je relis quelques passages d'un ouvrage du dalaï-lama (seul type de lecture autorisée à Kopan). En effet, il est déconseillé de se coucher sans se dépouiller de ses mauvaises pensées ; sauf bien sûr si l'on apprécie que son sommeil soit perturbé…

Je retombe sur un passage que j'ai *stabilobossé* en jaune :

« Ce qui me surprend le plus dans l'humanité ? Les hommes… parce qu'ils perdent la santé pour accumuler de l'argent, ensuite, ils perdent leur argent pour recouvrer la santé. Et ils se perdent dans d'anxieuses pensées sur le futur, au point de ne plus vivre ni le présent ni le futur. Ils vivent comme s'ils n'allaient jamais mourir… et meurent comme s'ils n'avaient jamais vécu. »

*

* *

Samedi 7 mars 2015, 22 heures
Lettre à ma sœur jumelle

Coucou Aurélie,

Voilà une semaine que je suis au « régime bouddhiste » et j'ai l'impression que ça fait un mois. Quand ton temps n'est pas occupé par dix mille trucs, il passe beaucoup plus lentement. Un point positif : le chat me manque davantage que le téléphone portable ! Tu vois, je progresse… À ce propos, comment va Shere Khan ? Un grand merci à papa de s'en occuper durant mon absence. Peux-tu lui dire – lorsqu'il passe à la maison – d'aller vérifier sur mon lit que le chat ne m'ait pas fait cadeau d'un orvet ou d'une musaraigne comme il en a l'habitude après ses fugues dans le jardin… ?

J'avais envie de t'écrire cette lettre pour te dire que tout se passe bien ici, à Kopan. Et tu ne sais pas quoi ? Grâce à la méditation, je me suis retrouvé dans notre chambre d'enfant au Chemin des Eterpeys à Lausanne ! C'était lors d'une séance où l'on nous demandait de nous reconnecter à notre naissance. Sur ce chemin mental, je me suis revu, couché en bas du lit superposé, essayant de soulever ton matelas avec mes pieds entre les lattes du sommier... Tes draps jaunes avec de grosses abeilles dessus, mon duvet couleur bleu roi, avec un Spider-Man trônant au milieu. J'ai revu nos deux bureaux avec, sur chacun, un aquarium où évoluaient respectivement Toby et Alice, nos poissons rouges auxquels on avait donné le prénom de nos arrière-grands-parents... J'ai revu le tapis rond aux longs poils sur lequel on faisait nos parties de catch, revu les cartons de lessive Ariel dans lesquels on mettait nos Lego et nos billes, revu le gigantesque ours kaki de 130 cm, qu'on a seulement réussi à dépasser en hauteur à l'âge de dix ans...

C'était émouvant.

Apprendre et pratiquer la méditation entraîne concrètement une modification de la fréquence cérébrale. Cela favorise l'intégration des informations, des apprentissages, et de ces idées qui fusent dans tous les sens comme des papillons de nuit attirés par la lumière. C'est régénérant, vraiment. Pacifiant et apaisant.

Et ce monastère est juste magique. La salle du sanctuaire, où nous passons nos journées, est un endroit baigné de couleurs chatoyantes, avec une dominante de rouge symbolisant l'accomplissement, la chance, la dignité et la sagesse. Dans ce lieu de sérénité, le rouge est très souvent associé au jaune, symbolisant l'absence de forme et la vacuité, et représentant la renonciation. C'est aussi la couleur de l'humilité et du détachement d'avec le matérialisme.

Ce rythme lent, cette absence d'agitation ont pour effet de modifier mon regard. C'est difficile de t'expliquer. ***De façon brève, je dirais que je désapprends à voir pour réapprendre à regarder.*** *Cela concerne autant les choses que les gens. Avant Kopan, mon regard était essentiellement un outil pour analyser une situation le plus rapidement possible, ou pour se focaliser sur un écran numérique, en faisant abstraction de tout le reste. Ici, je redécouvre cette sensation de lever les yeux pour les déposer naturellement sur l'univers qui m'entoure, de prendre le temps d'observer les êtres et les choses pour le plaisir, de ressentir des connexions et de me sentir connecté (mais pas numériquement parlant!); avec, comme cadeau, cette révélation: comme on ne peut pas fuir ses sentiments, autant commencer à les écouter.*

« Révélation » est le mot que j'emploie le plus dans mon journal de bord en ce moment. Je vis à peu près le destin d'un papier photo tout blanc qui, après avoir été plongé dans un révélateur, rend visible une image photographique latente. Je crois pouvoir dire que ça me renforce, que je suis différent; et même en étant conscient de la rapidité avec laquelle ces prises de conscience sont balayées par les rythmes infernaux de nos existences, ces derniers ne parviennent pas toutefois à les effacer.

Demain et mardi, je vais vivre une expérience qui procurera sans aucun doute de nouvelles révélations sur mon être profond. Deux jours de silence complet. Aucune parole. Deux jours pour écouter cet être que je m'aperçois ne pas connaître aussi bien que ça. Dans une pseudo-étude, soi-disant produite par une université étasunienne, j'avais lu qu'un être humain prononcerait une moyenne de 16 000 mots par jour. Si cela est vrai, je m'apprête à économiser 32 000 mots en quarante-huit heures !

La parole est un poison, engendrant les malentendus, insinuant l'équivoque, provoquant des désaccords, brisant parfois des destins. Et cela, même si ce sont des paroles d'amour. Elles sont analysées, décortiquées ; « Tu ne m'as pas dit je t'aime », « Tu me l'as dit d'une façon bizarre », « Tu ne me le dis jamais », « Es-tu sincère quand tu me dis que tu m'aimes ? Le penses-tu vraiment »...

On qualifie la parole de moyen de communication. C'est tout le contraire : la parole est un outil de non-communication dans une époque où on a le besoin crucial d'un outil de compréhension. À l'ère du « tout communiquant », dans le brouhaha des réseaux sociaux où chacun parle en même temps, toujours plus fort, toujours plus vite, et surtout sans une écoute mutuelle, se produit une véritable claustration, un monde refermé sur lui-même, qui cause et qui cause encore, qui cause sans arrêt. Et, devant leurs écrans, toutes ces solitudes s'exprimant pour combler le silence construisent en définitive une monstrueuse Tour de Babillages...

Je te laisse, Aurélie, il est très tard. Je me suis laissé emporter dans ce courrier. Le temps est venu de me taire. Alors tais-toi, Lionel.

Bisous

*

* *

Dimanche 8 mars 2015
Première journée de silence complet

मौनता
Maunatā

(silence)

Lundi 9 mars 2015
Seconde journée de silence complet

मौनता
Maunatā

(silence)

Mardi 10 mars 2015
Dernier jour à Kopan. Cérémonie de prise de refuge

Croire.

Un verbe de puissance et de faiblesse.

De puissance, car ils sont nombreux, ceux qui érigent leur croyance en combat et qui sont prêts à tout pour en ressortir vainqueurs. Contre qui se battent-ils ? Contre ceux qui croient en autre chose. C'est le terreau des guerres de religion.

De faiblesse, car si ce verbe a généré le mot *croyance*, il a aussi engendré le mot *crédulité. Croire* s'emploie autant pour la croyance en Dieu que pour la crédulité en une arnaque sur Internet.

Pourtant, une chose réunit ces deux substantifs : le saut dans le vide.

Croire, c'est se jeter dans un précipice en étant sûr qu'on sera rattrapé par des bras divins. Par ailleurs, *croire*, c'est aussi se jeter corps et âme dans une affaire dont le potentiel succès repose uniquement sur votre conviction profonde. Donc rien de tangible dans les deux cas. Voilà pourquoi il m'est difficile de répondre par oui ou non à la question : « Es-tu croyant ? » L'honnêteté, en ce qui me concerne, reviendrait donc à dire : *Je crois que je crois*.

Je crois que je crois, car je prie rarement, ou alors dans des occasions particulières, notamment lors du décollage d'un avion. Mais je ne récite pas un Notre Père traditionnel ; j'ai ma formule spécifique, fondée sur la gratitude et la reconnaissance.

Je crois que je crois, car j'ai conscience de l'existence d'une transcendance, d'une verticalité. En revanche, les religions me sont étrangères, essentiellement parce qu'elles comportent un fort déficit d'esprit critique et de remise en question.

Je crois que je crois, car j'affectionne la notion du pardon plus que tout au monde. Pardonner et demander pardon, c'est savonner la planche à la cohorte des passions cherchant à gouverner notre être. Sans le pardon, notre univers ne serait qu'une arrière-boutique de l'Enfer. Car en somme, si toute action effectuée par l'Homme était irréversible, on vivrait dans le mal absolu, où chaque chose serait, de façon inamovible, la conséquence d'un acte sur lequel il est impossible de revenir. Le pardon nous offre le chemin d'une libération, en même temps qu'il affranchit notre avenir des pesanteurs de notre passé.

Je crois que je crois, car je n'ai pas la force d'âme... *de ne pas croire du tout*. Dans ce monde parsemé d'embûches, la croyance est une forme de protection contre l'intolérable condition humaine. Cesser de croire nécessite un courage surhumain, le courage d'accepter que la réalité ne soit rien de plus que la réalité ; et que nos actes chargés d'abnégation, de miséricorde, de philanthropie ou d'humanisme ne soient que des gesticulations inutiles dans l'assourdissant silence de l'univers. S'il n'y a pas d'au-delà – quelle qu'en soit la forme –, et que chaque évènement que nous traversons n'a aucun sens particulier en soi, je n'aurai jamais le courage de le supporter.

Ces pensées se mélangent en cette matinée du 10 mars 2015. Il est 6h15 et je contemple le lever de soleil sur Katmandou. De l'esplanade de Kopan, la vue panoramique est sublime. Alors que je pouvais dormir une ou deux heures de plus en ce dernier jour au monastère, j'ai choisi ce réveil précoce afin d'admirer ce spectacle de plénitude.

La douce couleur orangée du soleil a repeint le ciel bleu nuit et ses stries jaune rougeâtre caressent les quelques hautes tours de cette cité qu'on surnomme le Berceau du Népal. Si la ville est bruyante lorsqu'on la traverse, au moment où elle s'apprête à vivre un nouveau jour, sa quiétude est source de paix et de sérénité. Pour accompagner ces instants de beauté, des voix se font entendre, celles des moines priant pour le bonheur et le bien-être de tous les êtres sensibles.

Ce jour du départ est aussi un jour du commencement. Je me suis décidé à prendre part, vers 10 heures, à la cérémonie de «prise de refuge» dans le bouddhisme. Ce n'est ni une conversion, ni un baptême à proprement dit, c'est un accueil et un engagement dans la pratique. Parmi la cinquantaine de participants de notre volée, nous sommes huit à désirer être «accueillis». Chacune des huit personnes recevra une écharpe blanche en cadeau et se verra offrir un «nom bouddhiste» sur un document que je qualifierais de «passeport spirituel».

J'ai envie d'entrer dans cette communauté d'esprit sans dogmatisme et sans hiérarchie, qui a comme valeurs principales la non-violence, la tolérance ou la compassion, car j'aime la vision d'un éternel recommencement sur laquelle elle est fondée. L'humain est persuadé que la mort signifie la fin de sa propre vie. C'est oublier que, selon le bouddhisme, le «je» n'existe pas vraiment, en tout cas sous la forme égocentrique qu'on lui donne. Le «moi» n'a pas de réelle substance. Étant donné que tout ce qui vit meurt, aucune vie n'échappe à l'impermanence des choses…

*

* *

Et puis le moment est venu. Pas forcément ce qu'on décrirait comme *un grand moment*, tant la cérémonie est épurée, simple, sans démesure ni exubérante. Une vingtaine de minutes en tout et pour tout.

La vaste salle du temple, qui avait accueilli la totalité du groupe à plusieurs reprises, se retrouve presque dépouillée alors que, face au Rinpoché – le grand maître lama, assis en tailleur sur une estrade et nous surplombant d'un bon mètre – nous sommes là, les huit personnes ayant décidé de suivre l'enseignement (*Dharma*) de l'Éveillé, le *Bouddha*, afin d'entrer dans la communauté des disciples (*Sangha*).

Le Rinpoché chante. Sa voix monocorde emplit le temple, pourvue de cette magie naturelle qui rejoint immédiatement le chemin de l'âme. Il parle ensuite en tibétain et ses mots sont traduits en anglais par l'enseignante qui, durant ces dix jours, nous a conduits sur ce sentier spirituel et incarné. Il cite notamment Son Éminence Garchen Rinpoché : « Les gens sont occupés, partout dans le monde. Même les animaux et les insectes sont toujours occupés à collecter des choses pour qu'ils puissent être heureux à l'avenir. Mais cette accumulation est l'une des causes de la souffrance. Nous travaillons dur pour ce que nous pensons vouloir et quand nous l'obtenons, nous ne ressentons pas le bonheur auquel nous nous attendions. »

Le grand maître lama explicite l'étendue de notre Dharma intérieur, fondé sur l'amour et la compassion, dont l'action commune a pour effet de faire naître la conscience de la sagesse. Avec cette certitude à la clé : la compréhension du sens véritable de la vie constitue le seul élément essentiel au bonheur. Pour atteindre ce but, il nous enjoint aimablement de prendre cinq engagements. *Ne pas tuer*. Mais protéger toute vie, quelle qu'elle soit. *Ne pas voler*. Mais au contraire apprendre à partager ses ressources. *Ne pas mentir*. Mais être sincère en toute occasion. *Ne pas se complaire dans l'inconduite sexuelle*. Mais vivre pleinement fidélité et probité dans ce domaine. *Ne pas avoir recours à des intoxicants*. Et libérer ainsi son esprit des substances qui ont pour conséquence de l'embrouiller.

Soudain, en entendant ces engagements, un frisson parcourt mon corps. Je saisis la matérialité de cette promesse et constate avec amertume qu'en se basant sur mes trente-trois ans de vie, je n'ai fait que m'éloigner plus ou moins loin de ces cinq serments. Cette prise de conscience est abrupte. Je me rends compte que je ne suis qu'un escroc. Instantanément, je songe à ma peur, ce voile d'anxiété emprisonnant mon sommeil dans de frénétiques cauchemars depuis cinq longues années; cette souffrance sourde et glaçante qui ne peut être exprimée et qui me crame l'existence…

Après ces quelques secondes de scrupules, une force se lève, la force de la confiance acquise durant ce séjour népalais. La force de savoir que tout être humain commet des fautes et que d'en avoir conscience est le premier pas pour s'en affranchir. La force de reconnaître que le chemin parcouru comporte de nombreuses crevasses, d'anfractuosités, de pièges et d'errements de toutes sortes. La force d'accepter celui ou celle que l'on est, un être de lumière et d'obscurité. La force de ne jamais abandonner le combat contre ses propres défauts, ses propres maladresses. La force d'assumer son droit à l'imperfection.

Et puis, enfin, la force née de l'enseignement acquis durant ces dix jours: on nous a appris à irradier sa nature profonde en direction de tout être sensible. Dès lors, je vais utiliser cette technique d'irradiation pour détruire les cellules cancéreuses de mes angoisses.

La cérémonie touche à sa fin.

Vient l'instant où le Rinpoché entoure mon cou d'une écharpe blanche, signe d'accueil dans la communauté des disciples de Bouddha. En ces secondes de proximité, mes narines s'emplissent plus intensément de l'odeur si particulière de l'encens, avec cette puissante note de fond, mélange de poivre, de résine et de camphre, qui a le pouvoir de transmuer la réalité en une parenthèse mystique.

Le Rinpoché m'observe longuement ; il semble s'imprégner de ce qui se dégage de cette couche énergétique drapant invisiblement une entité corporelle et qu'on appelle l'aura. Il réfléchit au nom qui sera, selon sa perception, comme une quintessence, ou tout au moins l'écho de la nature profonde de la personne prosternée devant lui. Un nom conçu pour aider chaque élève à se connecter avec cette nature intérieure en priorité par rapport au monde extérieur.

Et puis, doucement, comme un présent, le Rinpoché prononce en tibétain le nom de refuge qu'il vient de choisir pour moi.

« Jampa Namgyal »

Alors, sur un « passeport spirituel », l'enseignante trempe sa plume dans l'encrier et, précautionneusement, calligraphie mon nom. Après quoi, un léger sourire aux lèvres, elle me tend le document et me le traduit :

« Jampa Namgyal : Victorieux malgré le démon »

Postface

Liberté et Paternité

En janvier 2023, six mois après avoir quitté pour de bon ma cellule numéro 13, l'écriture de ce livre est achevée. L'occasion de remercier celles et ceux grâce à qui il a vu le jour. À commencer par Pascal Pellegrino avec qui la collaboration a été fructueuse ; ainsi que les éditions Favre, sous la direction de Sophie Rossier, qui nous ont fait confiance.

Permettez-moi de vous remercier aussi, chère lectrice ou cher lecteur, de votre intérêt à découvrir cette histoire, en espérant qu'elle vous ait plu.

Initialement, ce récit devait se terminer sur ce nom bouddhiste : « Victorieux malgré le démon »... or, voilà que ma vie a changé du tout au tout, peu avant de mettre un point final au manuscrit : j'ai symboliquement fait connaissance avec mon enfant à travers la première échographie, celle des trois mois. Et, comme vous l'imaginez, cette naissance – prévue pour le début juillet 2023 – a profondément modifié mes plans à la sortie de prison. D'où le besoin d'écrire cette postface en évoquant ce tournant essentiel et déterminant sur mon parcours.

Pour faire court : cette transition n'a duré qu'un seul et unique trimestre, durant lequel – rien que ça – je me suis mis en couple avec la femme de ma vie (rencontrée deux ans plus tôt) et où j'ai su que j'allais devenir papa. C'est à ce moment précis que j'ai saisi quelle était ma vraie victoire contre le démon : il ne pouvait pas y avoir révélation plus intelligible que tout ne s'arrêtait pas à la fraude ayant vampirisé mon existence durant tant d'années. En apprenant la nouvelle de ma future paternité, j'ai aussi eu l'impression de passer enfin de l'adolescent à l'adulte. À quarante berges, il était temps…

D'aucuns diront que c'est de la chance, du hasard ou bien le destin. Mais, à mes yeux, j'associe plutôt le concept du destin à un emprisonnement moralisateur, comme si l'on était coincé entre le bien et le mal et que chaque destination était tracée une bonne fois pour toutes, sans qu'on puisse changer quoi que ce soit.

Je préfère croire au karma, c'est-à-dire au libre arbitre. En gros, *si tu fais le bien, il ressurgit. Si tu fais le mal, il ressurgit aussi.* Dans cette équation – qui n'a rien à voir avec la moralité –, il n'y a que toi face à tes actes. Je ne crois pas que tout ce qui nous arrive soit le résultat du hasard ou d'une prédestination. En revanche, je crois que chacune de nos actions – physiques, verbales ou mentales – aura obligatoirement une conséquence, bonne ou mauvaise, qu'il faudra assumer. Dès lors, il s'agit de maintenir l'équilibre de notre énergie karmique en réalisant des actions constructives et bienveillantes. La recette est simple : *transformez tout acte négatif en acte positif.* Facile ? Non, car parfois une seule vie incarnée n'est pas suffisante pour régler un problème : dans certains cas, vos actes sont condamnés à exister au travers de plusieurs réincarnations successives…

En somme, notre vie est parsemée de choix et il convient de faire les bons. Le meilleur moyen d'y parvenir est sans aucun doute de ne jamais cesser d'apprendre à se connaître soi-même.

*
* *

Tu t'appelleras Lehyan, mon fils.

Ton prénom comporte toutes les lettres de celui de ta maman, Lyna. C'est pour cette raison qu'il m'a tout de suite plu.

Lorsqu'on a fait cette «vidéoconférence» qu'est l'échographie – *six mois avant qu'on puisse se réunir en présentiel!* –, nous fûmes rassurés sur le développement normal du fœtus et l'absence d'anomalies à ce stade. L'échographie du premier trimestre est également l'étape après laquelle les futurs parents s'autorisent à annoncer la bonne nouvelle. De mon côté, après avoir vécu la honte de communiquer à ma famille cette affaire de fraude aboutissant à un séjour derrière les barreaux, cela faisait un bien fou de voir leur visage s'éclairer lorsqu'ils étaient mis au courant l'un après l'autre.

J'ai débuté avec ma mère qui fut sans doute la plus émue d'apprendre qu'elle allait devenir grand-maman pour la troisième fois. Ensuite, j'ai invité au restaurant mon père et son compagnon, qui furent aussi très touchés: «Tu seras un bon papa, c'est certain, car tu aimes bien les enfants», me lança l'auteur de mes jours. Et puis ce fut au tour de ma jumelle, sa compagne et leur fille de deux ans et demi; et enfin ma grande sœur et mon neveu.

Tu t'appelleras Lehyan, mon fils.

Même en la répétant, cette phrase reste encore une fiction. Cependant, toi qui n'as pas encore de date d'anniversaire, sache que je t'aime et te protégerai, car tu es désormais mon présent et mon futur à jamais.

Oui, tu t'appelleras Lehyan, mon fils. Et tu auras, je l'espère, les yeux couleur marron de ta maman.

*
* *

Si l'idée de ce livre a germé bien avant ma rencontre avec Lyna, il était inconcevable d'en terminer la rédaction sans vous parler de la femme qui – aujourd'hui et pour le meilleur – illumine chaque instant de ma vie.

Dire que deux ans ont passé entre notre première rencontre en septembre 2020 – dans l'entreprise de e-commerce où je bosse comme responsable financier – et le jour d'août 2022 où elle m'a invité à un brunch, dans son jardin. Il ne s'agissait pas d'un désintérêt de ma part, au contraire : dès la première fois où elle est apparue dans notre *open space* pour rendre visite à mon patron, j'ai remarqué la présence de cette grande brune d'origine libyenne, dégageant une aura si particulière, ainsi qu'un tourbillon de positivité. Mais voilà, durant cette période, mon esprit était accaparé par une flopée de soucis, allant de la tornade judiciaire dans laquelle j'étais embourbé, jusqu'à mon divorce d'avec Grettell, en passant par la discrétion dont j'ai fait preuve en public au sujet de mon incarcération. Par ricochet, sur le plan sentimental, je m'étais « auto-barricadé » à l'excès pour éviter de retomber dans une relation problématique.

On aura plusieurs occasions de se croiser, notamment dans le cadre de la Fondation Solyna, organisation à but non lucratif soutenant financièrement les activités de l'association AFESIP (*Acting for Women in Distressing Situations*) qui lutte activement contre l'esclavage sexuel des femmes mineures au Cambodge. Lyna est l'une des ambassadrices de cette structure au sein de laquelle je m'occupe de la comptabilité et des finances. La mission de ses membres – tous bénévoles – consiste à informer sur cette problématique méconnue et récolter des fonds en Suisse, afin de permettre la prévention, le sauvetage, l'accueil en centre, les soins, la scolarisation et la réinsertion des enfants.

Lyna est une femme hors du commun, possédant une personnalité solaire, un franc-parler, une humanité profonde et une authentique générosité. De religion musulmane et ayant cinq frères et sœurs, elle a appris qu'on obtient ce que l'on désire par le travail, la persévérance et la ténacité. Elle est dynamique, autonome, efficace, appréciée des personnes qu'elle côtoie; c'est une battante avec un grand cœur, qui a su nouer des amitiés durables. En plus, elle est dotée d'un humour affûté mais jamais méchant, elle apprécie de faire rire les gens, avec légèreté.

Toutes ces observations se sont faites progressivement, mais sûrement; si bien qu'une fois mon divorce prononcé et à l'approche de la sortie de prison, je me décide à l'inviter à prendre un café, un samedi matin, dans un bar lausannois en bordure du parc de Milan. Je me souviens de l'avoir aperçue arrivant de la salle de gym en tenue de sport rouge avec une petite laine sur les épaules: simplement magnifique. Plus tard, je lui ai raconté mon histoire, jouant cartes sur table, de manière que Lyna ait une vision plus détaillée de mes tribulations… afin qu'elle connaisse toutes les facettes pour pouvoir juger en connaissance de cause.

Elle m'a alors convié, dès ma sortie définitive de prison, à manger chez elle entre quatre yeux. Ce jour-là, en passionnée de cuisine, elle a préparé plusieurs plats exquis. C'était une journée idyllique, lors de laquelle mes dernières barricades se sont volatilisées. En fait, ce rendez-vous a tout changé, j'ai découvert pleinement son vrai visage, celui d'une personne douce et aimante, avec qui je partage beaucoup de points communs. Je suis tombé sous son charme et, depuis ce dimanche du mois d'août 2022, nous ne nous quittons plus. Elle connaît toute mon histoire, toute ma vie, mes peurs, mes doutes, les erreurs que je ne veux plus commettre… Elle m'aime comme je suis et notre communication est idéale. J'aime aussi le regard qu'elle pose sur moi, un regard empreint de bienveillance qui me comble de joie.

Lyna, mon amour, le bonheur, je l'ai connu à plusieurs reprises dans le passé, puis je l'ai perdu graduellement au cours de ces dix dernières années. Grâce à toi, il est de retour dans ma vie.

Dès lors, il me reste une dernière chose à faire pour te remercier et te signifier combien ta présence m'a régénéré et me rend heureux :

Lyna, ce livre, du fond du cœur, t'est dédié.

Lausanne, le 18 juin 2023

Table des matières

numérique

Impression & brochage - France

Numéro d'impression : N00432230954 - Achevé d'imprimer : octobre 2023

IMPRIM'VERT®

PEFC 10-31-3532 / Certifié PEFC / Ce produit est issu de forêts gérées durablement et de sources contrôlées. / pefc-france.org